이상은
李商隱

이상은

李商隱

위 씨엔하오 郁賢皓 · 쭈 이안 朱易安 저
이지운 李智芸 역

學古房

　이상은은 당나라 말엽 불우한 일생을 살았던 시인이다. 혼란한 시기에 드높은 이상과 진실한 애정을 추구하였으나 결국 뜻을 이루지 못하였다. 그러나 그 울분과 고통을 아름다운 작품으로 승화시켜 지금까지 많은 사람의 사랑을 받고 있다. 그는 전통적인 창작방법을 계승하면서도 함축적이고 상징적인 기법을 구사하여 아름답고 화려하면서도 알 듯 모를 듯한 몽롱한 분위기를 창조해내었다.

　역자는 이상은을 전공하여 오랫동안 연구해왔다. 대학원 시절, 난해하기 이를 데 없는 이상은에 대하여 공부하다 이 책이 이상은에 대해 매우 개괄적이고 간명하게 소개되어 있어 공부삼아 번역해 두었다. 이것이 이 책과 시작된 인연이다. 그때 보았던 텍스트는 1985년 상해고적출판사上海古籍出版社에서 출판된 ≪이상은李商隱≫이었다. 이상은을 파악하는 데 이 책의 도움을 많이 받았고 이후로 석사, 박사논문을 쓸 수 있는 기초가 되었다. 그러나 이 번역물은 오랜 세월동안 책갑에 보관되어 있었다. 그러다 한국연구재단의 지원으로 이상은의 시 전편을 역주하는 작업을 하면서 이 책이 생각났다. 이상은의 생애와 그의 작품세계에 대해 이만큼 깔끔하게 정리된 책이 없겠다 싶어 먼지를 털고 다시 다듬어 출판하기로 하였다.

　그런데 2015년에 이 책이 인민문학출판사人民文學出版社에서 개정판이

나왔다. 이전 판과 대조해보니 각주가 조금 더 상세해졌고 몇몇 사진자료가 첨가되어 있었다. 첨가된 주석은 주로 시어나 전고의 의미를 밝히고 있었는데, 난해한 이상은의 작품을 이해하기에는 턱없이 부족해 보였다. 그렇다고 역자의 주석을 번다하게 붙이면 이상은에 대한 간명한 소개라는 본래 책의 취지와도 어긋나겠다 싶었다. 그래서 만약 독자가 시작품에 대하여 더 자세한 주석이 필요하다고 느낀다면, 함께 출판된 ≪이의산시집≫을 참고하기를 당부한다. 다시 말해 이 책은 ≪이의산시집≫의 자매편이라고 할 수 있겠다. 독자의 양해를 구한다.

　이상은은 비바람에 시달리는 모란에 자신의 모습을 투영했지만, 그가 고통 속에 남긴 작품들은 우리에게 아름답고 풍성한 모란의 모습이다. 그런 마음으로 표지에 부족하나마 모란을 그려서 후학으로서 감사와 존경을 표하였다. ≪이의산시집≫의 번역본과 이 책을 출간하면서 이상은 연구자로서 굵은 매듭을 지은 느낌이다. 그러나 과문한 탓에 부족한 점이 없지 않을 것이다. 독자의 이해와 질정을 부탁드린다.

2017년 11월

번역자 씀

차례

1 집안과 유년시절

이상은李商隱(813-858)[1]의 자는 의산義山이고 호는 옥계생玉谿生, 번남생樊南生이라 한다. 중국 만당晚唐 때의 걸출한 시인이다.

이상은의 원적은 회주懷州 하내河內(지금의 하남성 심양현沁陽縣)이다. 조부 때에 정주鄭州 형양滎陽(지금의 하남성 정주시鄭州市)로 이주하였다. 이상은은 자신의 선조에 대하여 "선조 고장공께서 아우에게 작위를 양보하였으므로, 자손대대로 덕과 예가 전승되고 길이길이 번성하여 역

....

1) 【역자주】이상은의 생년에 대해서는 구·신 ≪당서(唐書)≫이래로 이설이 많다. 생년을 직접적으로 표기를 하지는 않았지만 여기에 기록된 사적에 근거해 그의 생년을 추론해 보면 대체로 서기 795 혹은 796년, 803년 정도로 유추할 수 있다. 그러나 이는 오류이다. 후대의 학자인 풍호(馮浩) 이래로 이상은의 생년에 대해서는 대체로 세 가지 설이 있다. 우선, 811년 설이다. 이는 전진륜(錢振倫)이 ≪번남문집보편(樊南文集補編)≫에서 주장한 것인데 논거가 다소 부족하다. 813년은 풍호가, 812년은 장채전(張采田)은 812년을 주장하였는데, 이 두 설은 기본적으로 거론된 근거도 비슷하고 타당하다. 이상은의 대표적 전기인 ≪이상은평전(李商隱評傳)≫의 저자인 양류(楊柳)는 장채전의 견해를 따라 812년으로 추정하였는데, 본 책의 저자는 풍호의 견해를 따른 것으로 보인다.

사에 기록되었다.先君姑臧公以讓弟受封, 故子孫代繼德禮, 蟬聯之盛, 著于史牒"[2]
라 기술한 바 있는데, "고장공姑臧公"은 동진東晉 때 서량西涼의 무소왕武
昭王 이고李暠(400-416 재위)의 증손 이승李承이다. 이상은이 그를 "선조"
라고 부른 것은 스스로 당나라 황제의 동족과 마찬가지로 모두 이고李暠
의 후예이며 농서隴西 성기成紀(지금의 감숙성 천수시天水市)가 자신의
본관이라 여긴 것이었다. 비록 그가 시에서 늘 당왕조의 종실宗室로 자
부하며 "나의 가계는 본래 왕손이었다.我系本王孫"[3] "선계의 자두나무 가
지가 무성했지요.陰陰仙李枝"[4]라 하였지만, "왕손王孫"이라는 미명은 그
에게 결코 부귀영화를 갖다 주지 못했다. 그의 집안은 일찍이 쇠락하였
고 조상의 이름은 당 종실의 족보에서 찾을 수도 없으며 현존사료에 기
록되어 있는 몇대 조상조차도 모두 별다른 명망이 없다. 고조부 이섭李
涉은 그저 미원美原(지금의 섬서성 부평현富平縣 북쪽) 현령을 지냈을 뿐
이고, 증조부 이숙홍李叔洪은 젊어서 재능이 출중하여 유장경劉長卿, 유
신허劉愼虛, 장초금張楚金 등과 이름을 나란히 하며 19세에 진사에 급제
하였으나 29세에 안양安陽(지금의 하남성 안양시安陽市) 현령 재직 중에
사망하였다. 조부 이보李俌(자 숙경叔卿)는 벼슬이 형주邢州(지금의 하북
성 형태시邢台市) 녹사참군彔事參軍에까지 이르렀으나 불행히도 "질병으

....

2) 〈노상서에게 이씨 누이인 하동 배씨 부인의 묘지명을 청하는 글(請盧尙書撰
   李氏仲姊河東裴氏夫人志文狀)〉(이 책에서는 이상은 시문을 인용할 때 제목만
   주석에 기재할 것이다.) ≪북사(北史)·이승전(李承傳)≫의 기재에 따르면, 서
   량의 무소왕 이고의 증손 이승은, 북위(北魏) 태무제 때 "고장후를 받았는데
   (賜爵姑臧侯)", 부친이 죽자 "효를 다하여 상을 치른 것으로 유명하였다.(居喪
   以孝聞)" 이치상 이승은 응당 부친의 봉작을 계승했어야 하나, 이미 그에겐
   고장후의 작위가 있어 동생인 이무(李茂)가 부친의 관작을 계승하였다. 이상
   은은 이 일을 두고 말한 것이다.
3) 〈수주의 소시랑을 곡하다(哭遂州蕭侍郎二十四韻)〉
4) 〈장난삼아 추언의 초각에 32운을 쓰다(戱題樞言草閣三十二韻)〉

로 요절하였다.以疾早世"이상은의 증조모는 젊어서 과부가 되었으나 애써 가업을 경영하고 정성껏 자식을 부양하여 "가업을 다스리고 봉록을 얻게 한以經業得祿" 대단한 여성이었다. 아들이 일찍 세상을 뜨자 "밤낮으로 곡하기를 참고 고아가 된 손자를 보살폈다.忍晝夜之哭, 撫視孤孫" 그러나 이상은의 부친 이사李嗣가 가업을 일으킨 뒤에도 여전히 "집안은 어려운 처지여서家惟屢空"[5] 증조모 사후 10여년이 되도록 장례를 치루기도 어려울 지경이었다. 이러한 가정과 생활환경은 이상은의 성장과 성격 형성에 직접적인 영향을 미쳤다. 그는 "왕손"이자 "황제의 종자龍種"라 자부했지만, 동시에 항상 "백 대에 걸쳐 본래 가업이 없고百歲本無業"[6] "나 또한 온 집안이 청빈하다네.我亦擧家淸"[7]라 탄식했다. 이러한 모순적인 심리는 후에 그의 창작에 뚜렷이 반영된다.

당 헌종憲宗 원화元和 8년(813), 이상은은 획가獲嘉(지금의 하남성 신향시新鄕市)에서 태어났다. 당시 이상은의 부친은 획가의 현령을 지내고 있었다. 얼마 후 부친은 절강동도浙江東道와 절강서도浙江西道의 관찰사 막료로 배임 받아 온 가족이 강남으로 옮겨가 절강 소흥紹興과 강소江蘇 진강鎭江에서 6년을 머물렀다. 강남의 아름다운 자연환경은 이상은에게 온갖 신기하고 생동적인 인상을 주어 영원히 기억되었다. 강남의 온화하고 아름다운 경치는 이상은의 어린 심령을 갈고 닦았고, 깊고 풍부한 정감을 배양시켰다. 훗날 이상은 시가에 형성된 부드럽고 아름답고 완곡한 시풍과 심오하고 함축적인 의경은 모두 그의 유년시절의 생활환경과 밀접한 관계가 있다.

이상은이 열 살이 되던 해에 불행히도 부친이 세상을 떠나자 온 가족

....

5) 〈노상서에게 증조모의 묘지명을 청하는 글(請盧尙書撰曾祖妣志文狀)〉
6) 〈장난삼아 추언의 초각에 32운을 쓰다(戱題樞言草閣三十二韻)〉
7) 〈매미(蟬)〉

은 영구를 받들고 고향 정주鄭州 형양滎陽으로 돌아왔고, 부친의 장사를 치루고 3년상을 지냈다. 이상은의 형제자매는 모두 아홉 명이었는데, 위로 세 명의 누나가 있었으나 모두 일찍 세상을 떠났다. 그는 장자여서 부친의 별세 후 모친을 도와 집안을 다스리는 중책을 자연스레 이어받았다. 보력寶曆 원년(825)에 부친상이 끝나자 전 가족은 다시 낙양洛陽 동전東甸으로 옮겨갔다. 그 당시 집안의 경제상황은 상당히 좋지 못했으므로 13세의 이상은은 늘 필사하는 일을 돕는 등 잔일을 하지 않을 수 없었다. 후에 〈배씨 누이 제문祭裴氏姉文〉에서 그는 당시의 빈곤한 상황을 이렇게 회고한다.

> 제 나이 막 열 살이 되었을 때 갑자기 집안에 환란이 닥쳤습니다. 제가 어머니를 봉양해야 했고 아버지의 장례를 주관해야 했습니다. 세상천지에 기댈 곳도, 의지할 친척도 없었습니다. 조상의 묘터에 장사지내고 나자 피난민과 같게 되었습니다. 산 사람이 이처럼 빈곤한 것은 듣지도 보지도 못했던 것입니다. 상복을 벗게 되자 어머니를 봉양하는 일이 급선무였습니다. 이에 낙양의 동쪽 교외로 호적을 옮기고 책을 베껴 쓰거나 쌀을 찧는 등 품팔이를 하였습니다. 나날이 발전하여 점차 기틀이 잡혔습니다. 청렴결백의 가르침은 다행히 더럽혀지지 않았습니다.(某年方傅, 家難旋臻. 躬逢板輿, 以引丹旐. 四海無可歸之地, 九族無可倚之親. 旣祔故邱, 便同逋駭. 生人窮困, 聞見所無. 及衣裳外除, 旨甘是急. 乃占數東甸, 傭书販舂. 日就月將, 漸立門構. 淸白之訓, 幸無辱焉.)

빈곤한 생활 때문에 이상은은 일찍 벼슬에 나아가 봉록을 받고 가문을 다시 일으켜 장자의 책임을 다하고자 하는 뜻을 세웠다. 이런 강한 책임의식은 공부의 원동력이 되었다. 그는 옛사람들의 "송곳으로 허벅지를 찌르며引錐刺股" "오이로 마음을 진정시키는用瓜鎭心"[8] 정신으로 자신을 격려하며 열심히 공부하였다. 이상은은 이미 강남江南에 있을 때

공부하기 시작하였으나 진정한 공부는 고향에 돌아와 부친상을 지내며 시작하였다. 그를 깨우쳐준 스승은 당숙부로서 당시 마침 고향에서 글을 가르치고 있었다. 이에 이상은과 아우 희수義叟도 그의 학생이 되었다. 이상은은 〈노상서에게 고 처사 고장공 이모씨의 묘지명을 청하는 글請盧尙書撰故處士姑臧李某志文狀〉에서 이 당숙이 "18세에 오경을 통달할 수 있었고年十八能通五經" 부친 사후에는 "무덤 곁에 오막살이를 짓고 살았으며盧于壙側" "결국 평생 벼슬을 하지 않기로 다짐했다.遂誓終身不從祿仕"고 말하였다. 전심전력으로 ≪오경五經≫에 주석을 달아 제자들을 가르쳤으나 밖으로 전하는 것은 원치 않았다. 장경長慶 연간에 자사刺史 왕지흥王智興이 서주徐州를 지나는 길에 그의 명성을 흠모하여 "손님의 예로써 객사에서 영접하고以賓禮迎于逆旅" 벼슬하기를 청하였으나 당숙은 끝내 명을 따르지 않았다. 이상은은 당숙의 품행과 지조를 매우 존경하였으며 깊은 영향을 받았다. 훗날 그가 모친상을 지내고 다섯 친척의 장사를 치룰 때에도 당숙부의 행동거지를 따랐다. 이상은은 일생동안 집권자에게 굴복하거나 이상을 바꾸려 하지 않았는데 이 역시 당숙부의 강직한 풍모에 영향 받은 바와 관계가 있다. 그러나 이상은의 성장에 미친 당숙의 영향은 주로 이상은의 학업에 드러난다. 당숙의 학식은 극히 깊고 넓어서 문자학文字學에 정통하여 종채鍾蔡와 팔분八分, 정해正楷와 산례散隷를 잘 썼을 뿐만 아니라 고문古文·고시古詩 및 부賦도 모두 매우 잘 지었다. 당숙은 고문과 고시를 숭상하여 "일찍이 근체시 한 수를 지어본 적이 없었未嘗一爲今體詩"으므로 학생들 작문에도 "고어를 사용하여 뜻이 심오할 것詞古義奧"을 요구하였다. 이상은은 그가 "직접 경전을 가르쳐주고 글 짓는 법을 교육하였으므로親授經典, 敎爲文章" 고문의

8) 〈한남 노상서께 올리는 글(上漢南盧尙書狀)〉

기초가 매우 튼튼히 다져졌다. 16세에 이상은은 〈재론才論〉과 〈성론聖論〉이라는 두 편의 고문을 써서 수많은 명사들의 칭송을 받았다. 성년이 된 뒤에는 고문은 거의 쓰지 않았지만 그의 변문騈文은 전아典雅하면서도 예스럽고 질박하여 웅혼雄渾한 풍골風骨을 갖추고 있었으므로 다른 작가들의 변문과는 같지 않았다. 이는 분명히 유년시절에 "고어를 사용하여 뜻이 심오한" 고문을 열심히 공부했던 것과 관계가 있다. 이상은은 당숙에 대한 감정이 유달라 숙부 사후에는 〈처사 방숙부 제문祭處士房叔父文〉을 짓기도 했다. "다시 예전을 생각해보면, 학생의 대열에 끼워주셨지요. 육공의 대장 맞추는 법을 가르쳐주셨으니 영화를 생각했다면 어찌 이룰 수 있었겠습니까? 은씨의 문장 짓는 법을 가르쳐주셨으나 문장 주고받기를 부끄러워하여 일찍이 접고 말았습니다. 이끌어주신 은혜가 참으로 지극하였는데 숙부를 잃는 흉한 일을 당해 슬픔이 사무칩니다.更思平昔之時, 兼預生徒之列. 陸公賜仗, 念榮益以何成? 殷氏著文, 愧獻酬而早屈. 引進之恩方極, 禍凶之感俄鍾"는 구절은 회고와 감격의 정으로 충만하다.

수년간의 분투와 노력 끝에 이상은은 출중한 재능을 드러내었고 아울러 시가창작을 시작하였다. 고시 〈무제無題〉는 바로 소년기의 작품이다.

八歲偸照鏡,	여덟 살 때 몰래 거울을 보며
長眉已能畵.	긴 눈썹 이미 그릴 수 있었어요.
十歲去踏靑,	열 살 땐 답청을 나가느라
芙蓉作裙衩.	연꽃으로 치마를 만들었지요.
十二學彈箏,	열두 살 땐 쟁 타는 법을 배워
銀甲不曾卸.	은 깍지를 풀어본 적 없었어요.
十四藏六親,	열네 살 땐 친척을 피해 숨었으니
懸知猶未嫁.	아직 시집가지 않은 걸 짐작했기 때문이지요.
十五泣春風,	열다섯 살 땐 봄바람에 울며
背面鞦韆下.	그네 아래에서 얼굴 돌렸어요.

이 시에서 작자는 점차 성숙해가는 소녀의 형상을 성공적으로 그려내고 있다. 그녀는 똑똑하고 영리하며 사람들의 호의를 얻지만, 누구도 그녀의 마음을 제대로 이해하지 못한다. 시에서는 소녀의 홀로 걱정하는 심경을 극히 사실적으로 묘사하였다. 이 시는 전고를 사용하지도 않고 어휘를 지리멸렬하게 늘어놓지도 않았으며, 격조가 청신하면서도 명쾌하며 자연스럽고 유창하여 악부민가의 맛을 강하게 풍겨서 이상은 초기 시가의 복고적인 경향을 보여준다. 이 시로부터 시인이 이미 비흥의 수법을 잘 활용하였다는 것을 알 수 있는데, 그는 소녀의 형상을 통해 포부를 펼치고자 하는 자신의 간절한 심정을 완곡하게 표현하면서도 앞날에 대한 근심과 우려도 토로하였다.

소년시기의 뼈를 깎는 공부는 이상은이 갈망했던 과거시험과 벼슬길에 기초를 마련해주었다. 오래지 않아 그는 새로운 생활에 접어든다.

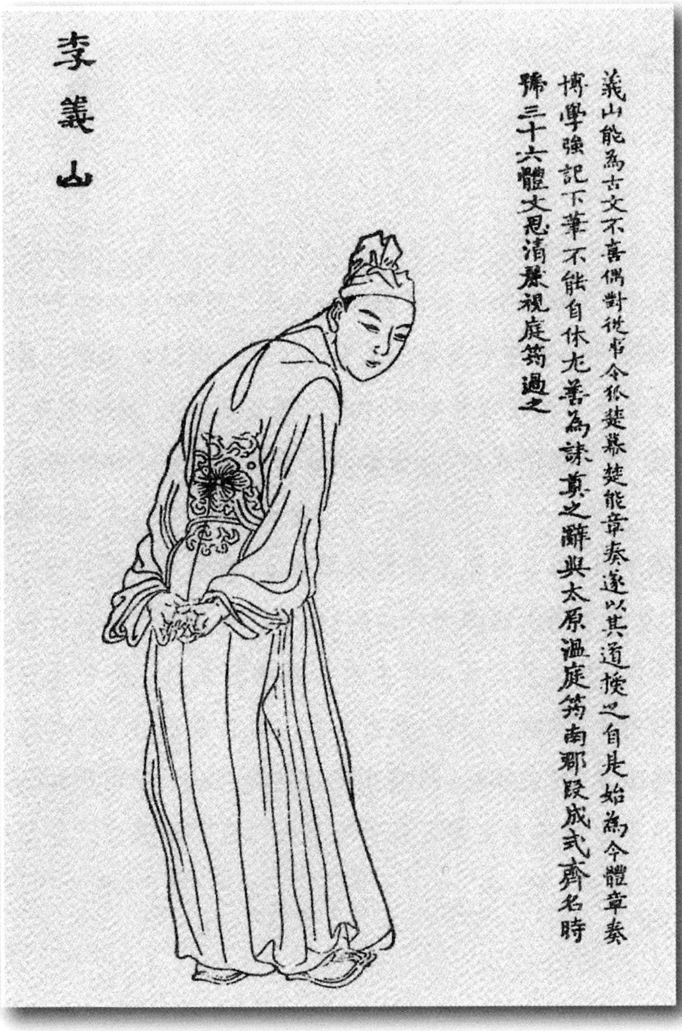
李義山
義山能為古文不喜偶對從事令狐楚幕楚能章奏遂以其道授之自是始為今體章奏
博學強記下筆不能自休尤善為誄奠之辭與太原溫庭筠南郡段成式齊名時
號三十六體文思清麗視庭筠過之

그림 1_이상은

2 영호초令狐楚와 최융崔戎의 지도

　문종文宗 대화大和 3년(829), 명망 있는 조정의 원로 영호초令狐楚가 낙양의 동도유수東都留守에 부임하였다. 17세의 이상은은 자신이 쓴 문장과 시부詩賦를 가지고 그를 찾아 지도와 추천을 받기를 바라였다. 당시 과거시험에 참가하던 사람들은 종종 사전에 작품을 공경대신에게 보내어 인정을 받은 후, 그를 통해 영향력을 넓혀 자신의 과거급제의 가능성을 증가시켰다. 이것이 바로 당시 매우 성행하던 "행권行卷"이다.

　영호초는 헌종憲宗 원화元和 말년에 재상을 지낸 적이 있다. 이상은이 그를 찾아갔을 때 그는 이미 여섯 왕을 두루 거친 64세의 조정 중신이었다. 그는 이상은의 문장을 보고는 크게 칭찬하면서 일면식도 없는 소년을 찾아다 즉시 "호화로운 숙소로 데려가 귀빈으로 대접했다.致之華館, 待以嘉賓"[1] 또 영호초는 이상은을 자신의 아들들과 교제하게 하고 왕공귀족들의 연회에 데리고 다녔으므로 이상은의 지위가 높아졌다. 그 해 11월 영호초는 운주자사鄆州刺史、천평군절도사天平軍節度使(운주의 지

---

1) 〈영호상공께 올리는 장계 4(上令狐相公狀四)〉

방정부 소재지는 수창須昌으로 지금의 산동성 동평현東平縣 서북쪽)에 부임하였고 이상은을 정식으로 자신의 막부의 순경巡警 책임자로 초빙하였다.

절도사의 막부에는 재주 있는 이가 매우 많다. 모두 일찍부터 벼슬길에 오른 관원들로 오직 이상은만이 아직 공명功名을 얻지 못한 "평민白衣"이었다. 자연히 이상은의 지위는 매우 낮았으며 따라서 사람들의 뒷공론을 면치 못했다. 그러나 그는 탁월한 재능으로 영호초의 특별한 관심을 받았다. "(이상은을) 칭찬하는 사람들은 공이 착하게 여기시고 참소하는 사람들은 공이 꾸짖으셨다. 人譽公憐, 人讒公罵"[2] 그는 〈영호상공께 올리는 장계 1上令狐相公狀一〉에서 당시 영호초와 함께 했던 상황을 서술하기도 하였다. "물가 난간에서의 꽃피는 아침, 국화 심은 정자에서의 눈 내리는 밤마다, 시편들은 모두 연이어 화답하였고, 술잔을 두루 건네며 그 즐거움을 다하였지요. 부드럽게 이야기를 터놓고 하며 그윽하게 후대하셨지요.每水檻花朝, 菊亭雪夜, 篇什率征于繼和, 杯觴曲賜盡其歡. 委曲款言, 綢繆顧遇"

영호초와 교분을 맺음으로써 이상은은 사회에 첫 걸음을 내딛게 되었을 뿐 아니라 창작에서도 신기원을 이루었다. 당시 조정의 공문이나 사회에 통용되는 문장 및 서신은 대개 모두 변문騈文으로 썼다. 변문은 대장對仗을 추구하는 사륙문체四六文體이다. 이상은은 고문은 능숙하게 쓸 수 있었으나 변문은 배운 적이 없었다. 영호초는 당시의 저명한 변문가로서 한유의 고문 및 두보의 시가와 이름을 나란히 하고 있었다. 이에 영호초는 직접 이상은을 지도하여 자신의 변문 창작경험을 남김없이 전수해주었다. 이런 상황은 등급관계가 삼엄한 관가에서 극히 드문 경우

....

2) 〈상국 영호공 제문(奠相國令狐公文)〉

로, 그들의 우정은 상하관계를 훨씬 넘어선 것이었다. 이상은은 후에 만당의 손꼽히는 사륙문 대가가 되었으며 격률시의 대구에도 상당한 능력을 보였다. 이는 고문과 변문의 장점을 융합시킨 결과이며 영호초의 지도 및 도움과 밀접한 관계가 있음은 물론이다. 이 때문에 이상은은 영호초에게 감사하는 작품을 적지 않게 썼다. 그중 〈감사의 서신謝書〉은 특별히 변문을 가르쳐 준 일을 들어 지은 것이다.

微意何曾有一毫,	작은 성의라곤 언제 한 터럭이라도 있었습니까?
空攜筆硯奉龍韜3).	그저 붓과 벼루 들고 병서만 받들었지요.
自蒙半夜傳衣後,	한밤중에 옷을 전해 받은 은혜를 입은 뒤로는
不羨王祥得佩刀4).	왕상이 허리에 차는 칼을 얻은 것도 부럽지 않았습니다.

　　노스님의 가사는 한밤중에 자신이 가장 마음에 드는 제자에게 전수하는 것이라고 한다. 이상은은 이로써 자신이 영호초의 가사를 전수하는 기술, 즉 변문을 짓는 비결을 얻어, 삼공三公과 재상의 지위도 부러워하지 않았던 것을 비유하였다.
　　운주 절도사 막부에 있을 때 이상은은 수많은 상류층 인물들을 접할 기회가 있었다. 이에 조정이나 국가의 대사를 이해할 수 있었고 시가의 내용도 풍부해졌다. 경종敬宗 보력寶曆 2년(826) 횡해군橫海軍(지방정부 소재지는 창주滄州로서 지금의 하북성 창현滄縣 동남쪽) 절도사가 세상

----

3) 龍韜(용도) : 중국고대의 병서인 ≪육도(六韜)≫ 중 한 편. 여기서는 장군 막부에서 쓴 문서를 가리킨다.
4) ≪진중흥서(晉中興書)≫의 기재에 따르면, 위나라 서주자사(徐州刺史) 여건(呂虔)이 허리에 차는 칼을 가지고 있었는데, 장인이 그것을 보더니 반드시 삼공(三公)에 올라야 이 칼을 찰 수 있다고 했다. 여건이 그의 관원 별가인 왕상(王詳)에게 재상의 도량이 있으니 그 칼을 주었다고 한다.

을 떠나자 그의 아들 이동첩李同捷이 제멋대로 직위를 계승하였다. 조정
에서는 그가 스스로 유후留後라 부르는 것을 듣고도 더이상 추궁하지
않았다. 이듬해 다시 정식으로 이동첩을 곤해袞海(지방정부 소재지는 곤
주袞州로서 지금의 산동성에 속함)절도사로 임명하였다. 당시에는 군벌
이 극히 횡행하여 조금이라도 불만이 있으면 곧 반기를 들고 반란을 일
으켰다. 이동첩은 조정이 유약함을 잘 알고 있었으므로 이를 거절하고
명을 받지 않았다. 조정은 이미 내린 명령을 거두기 어렵자 그제서야
비로소 엄청난 비용을 들여서 군대를 동원해 그를 토벌하였다. 전투는
순조롭지 못하여 ≪통감通鑑·당문종 대화 2년唐文宗大和二年≫에는 "당
시 하남과 하북의 여러 군대가 이동첩을 토벌하였으나 오래도록 성공하
지 못했다. 늘 조금이라도 승리하면 거짓 자랑과 자수한 포로를 들어
후한 상급을 요구하였다. 조정에서는 힘을 다해 봉록을 주었는데 장강
과 회수지방은 이러한 병폐가 심하였다.時河南、北諸軍討同捷, 久未成功. 每
有小勝, 則虛張首虜以邀厚賞. 朝廷竭力奉之, 江淮爲之耗弊"라 기록되어 있다.
이상은이 영호초를 따라 운주에 갔을 때는 전란이 막 평정되었을 때로
도처에 참혹한 모습이 보이고, 해골이 즐비하며 도성과 벌판이 모두 텅
빈 채 황량한 정경이었다. 이상은은 이러한 참상을 목도하고 한탄을 금
치 못해 칠언율시 〈수나라 군대의 동쪽 정벌隨師東〉을 썼다.

東征日調萬黃金,	동쪽을 정벌함에 하루에 일만냥을 내걸고
幾竭中原買鬪心.	중원의 재력을 다 소모해 투지를 사려 하네
軍令未聞誅馬謖5),	군령에 마속을 목 벤다는 말은 들은 적이 없고
捷書惟是報孫歆6).	전과보고서는 오로지 손흠을 죽였다는 얘기로

. . . .
5) 馬謖(마속) : 삼국시대 촉나라 장수로 군사부서를 위반하여 제갈량이 군법에
따라 참수하였다.
6) 孫歆(손흠) : 삼국시대 말 오나라 도독(都督). 진나라가 오나라를 정벌할 때

	구나.
但須鸑鷟[7]巢阿閣[8],	봉황이 누각에 둥지를 튼다면야
豈暇鴟鴞[9]在泮林[10].	어찌 올빼미가 반궁 숲에 있겠는가.
可惜前朝玄菟郡[11],	한대의 현도군이 애석하구나
積骸成莽陣雲深.	쌓인 해골이 덤불을 이루고 전운이 깊어가네.

이는 이상은이 쓴 최초의 정치시로서 당시의 현실을 묘사하고 있다. 집정자의 무능함에 통탄하며 번진藩鎭이 오랫동안 할거할 수 있었던 중요한 원인은 바로 조정에 현신이 없었기 때문임을 지적하였다. 또한 작자는 제갈량이 마속馬謖을 참수하여 군의 기강을 밝히고 왕준王濬이 거짓으로 전공을 보고하여 웃음거리가 된 두 가지 전고典故를 사용하여, 직접 간접으로 토벌군의 부패를 폭로하였다. 구성이 엄밀하고 필치가 자연스러워 이상은이 이미 전고를 운용하여 시의를 심화시키는 데 뛰어났음을 보여준다. 이러한 예술수법은 후에 그의 시가창작에서 커다란 특징을 이루었다.

문종文宗 대화大和 6년(832) 2월에 영호초는 태원윤太原尹、북도유수北都留守、하동河東(지방정부 소재지는 지금의 산동성 태원시太原市)절도사로 전임되었고, 이상은은 계속해서 그를 따라 막료로 일하였다. 이듬해 6월에 영호초가 이부상서吏部尙書로 조정에 들어가자 이상은은 태원

·······················

진나라 장수 왕준(王濬)이 전공을 거짓 보고하여 그가 이미 손흠의 머리를 베었다고 하였다. 나중에 진나라 장수 두예(杜預)가 손흠을 생포해오자 진상이 드러나게 되었다.

7) 鸑鷟(악작) : 봉황. 현신을 비유한다.
8) 阿閣(아각) : 사면에 기둥과 서까래가 있는 누각. 여기서는 어진 신하를 가리킨다.
9) 鴟鴞(치효) : 올빼미. 반란을 일으킨 번진을 비유함.
10) 泮林(반림) : 옛날 학궁(學宮) 앞의 숲.
11) 玄菟郡(현도군) : 한나라의 군 이름. 여기서는 횡해군 소재지.

막부를 떠날 수밖에 없었다. 이에 고향 정주鄭州 형양滎陽으로 돌아가 얼마간 머물렀다. 얼마 후 정주자사 소한蕭澣의 소개로 화주華州(지방정부 소재지는 지금의 섬서성 화현華縣)자사 최융崔戎을 만났다.

최씨 가문은 당대唐代의 명문 귀족으로 최융과 이상은은 이종 사촌관계였다. 당서唐書〈최융전崔戎傳〉의 기록에 의거하면 최융은 청렴한 관리로 백성들의 추대를 받았다. 그가 화주자사로 부임하자 부하관리들은 관례대로 재물을 바쳤으나 그는 한푼도 받지 않았다. 최융이 곤해袞海관찰사로 전임되자 화주의 백성들은 극력 만류하였다. 어떤 이는 그의 신발을 벗겨가고 어떤 이는 말안장을 잡아당겨 길을 막고 그를 가지 못하게 하였다. 결국 최융은 밤에 혼자 말을 타고 몰래 성을 빠져나갈 수밖에 없었고, 부하와 주민들은 도저히 따라잡지 못하겠다고 여기고 나서야 그만두었다.

최융의 이상은에 대한 총애 역시 영호초에 뒤지지 않았다. 그는 이 재능이 뛰어나고 기개와 도량이 비범한 젊은이를 무척 신임하였다. 이상은이 최융을 알현할 때의 광경은 퍽 흥미롭다. "화주에서 말씀 들려주실 땐 새벽부터 저녁에 이르러 큰 소리로 아전에게 소리쳐 아침저녁의 사무도 물리치셨다. 이튿날 아침이면 말 타고 성 밖으로 나가 나를 종남산 언덕으로 과거 공부하라 보내셨다.華州留語曉至暮, 高聲喝吏放兩衙. 明朝騎馬出城外, 送我習業南山阿"[12] 최융이 이상은과 잠시라도 더 대화하고자 공사도 제쳐두었으니 그들의 관계가 얼마나 친밀한가를 알 수 있다. 곧 이상은도 화주 막부에 참여하였으며 뒤에는 다시 최융을 좇아 곤해막부로 갔다. 최융은 항상 이상은과 그 밖의 막료들을 데리고 말을 타고 성밖으로 나가 산책하였으며 함께 누대에 올라 경치를 감상하고 시를 지어

....
12) 〈안평공시(安平公詩)〉

주고받곤 하였다. 최융은 여러 사람들 앞에서 이상은이 쓴 글을 칭찬하며 그는 "붓을 대자마자 천 자가 나오고下筆卽千字" "책을 다섯 수레는 읽었겠구나讀書傾五車"13)라 하였고, 아울러 그에 대해 "힘을 다해 도와주고 마음을 다해 가르친다極力提携, 悉心指教"14)고 말하였다. 이러한 유쾌한 생활에 이상은은 득의양양할 수 있었고, 이 시간을 오래토록 기억하였다. 그러나 대화 8년(834) 6월, 최융은 불행히도 곤주 재임 중에 병으로 세상을 떠났다. 최융의 죽음은 이상은에게 깊은 타격을 주었다. 그는 스승이자 지기知己를 잃어 비통해 하였으며 자신 앞날의 막막함으로 인해 더더욱 상심하였다. "옛 사람들은 늘 지기가 적다 탄식했건만 하물며 나처럼 미천하고 걱정근심 많은 사람임에랴. 공과 같은 은덕은 세상에 하나 둘, 어찌 황하와 같은 눈물이 없을 텐가.古人常嘆知己少, 況我淪賤艱虞多. 如公之德世一二, 豈得無淚如黃河"15) 그는 최융과 곤주 막부 생활을 그리며 지나간 과거를 추억하는 시를 여러 편 썼다. 어느 흐린 가을날 서리 내리는 밤, 이상은은 산과 물 가까이 대숲에 둘러싸인 낙씨정駱氏亭에 묵으면서 빗줄기가 마른 연잎을 때리는 소리를 들으며 유명한 〈낙씨의 정자에서 자면서 최옹과 최곤이 떠올라 부치다宿駱氏亭寄懷崔雍崔袞〉라는 시를 썼다.

竹塢無塵水檻淸,	대나무로 친 울담 티끌 없고 물가의 난간 맑은데
相思迢遞隔重城.	그리움은 아득히 높은 성에 막혔네.
秋陰不散霜飛晚,	가을 구름 걷히지 않고 서리는 느지막이 내리는데
留得枯荷聽雨聲.	마른 연잎을 남겨 빗소리를 들려주네.

. . . .

13) 〈안평공시(安平公詩)〉
14) 〈최대부께 올리는 장계(上崔大夫狀)〉
15) 〈안평공시(安平公詩)〉

이 시는 구상이 세밀하고 사물 묘사가 깊고 간절하다. 전체에 전고가 없어 매우 산뜻하나 오히려 감정은 함축되어 겉으로 드러나지 않는다. 작자는 독자를 담담한 슬픔에 휩싸인 정적의 세계로 인도하여 시든 연잎위에 떨어지는 빗방울 소리에 귀 기울이게 한다. 그 빗소리는 깊은 사념이 끊이지 않는 듯 이어져 최융의 아들 최옹·최곤 형제에 대한 작자의 그리움을 멀리 멀리 보내주고 있다.

남에게 얹혀살거나 다른 사람 대신 글을 써주려고 이상은이 "목매고 애써 공부한懸頸苦學" 것이 아니었다. 그는 정치적으로 무엇을 할 수 있길 원했기 때문에 세 차례나 장안으로 가서 진사進士 시험을 쳤다. 당대唐代의 진사는 매년 이삼십 명만 뽑아서 진사에 급제하면 바로 몸값이 백배나 치솟았다. 따라서 사람들은 진사를 벼슬길의 중요한 과정으로 여겼다. 진사출신은 고관이 될 가능성이 높았고 설사 이부吏部의 선발고시에 합격하지 않더라도 절도사의 막부에 초빙되어 감으로써 여전히 사람들의 존경을 받을 수 있었다. 그러나 이상은의 진사시 응시는 순조롭지 못했다. 첫 번째는 대화 7년(833)에 영호초의 도움으로 장안으로 가서 응시하였으나 급제하지 못하였다. 후에 그는 최융 곤주막부의 한 연회석상에서 〈처음 죽순을 먹고 좌중에게 드리다初食笋呈座中〉라는 시를 지어 자신의 지향과 실망의 심정을 펼친 적이 있다.

嫩籜香苞初出林,	어린 대나무 껍질의 향기로운 죽순 처음 숲에 나와
於陵論價重如金.	오릉에서 값을 따지면 황금보다 비싸답니다.
皇都陸海應無數,	황도에는 산해진미가 응당 무수히 많을 텐데도
忍剪凌雲一寸心.	구름을 찌르려는 한 마디 속을 모질게 자르는군요.

오릉於陵(지금의 산동성 추평현鄒平縣 동남쪽) 일대는 대나무가 희귀하여서 어린 대순은 특히 진귀하다. 이상은은 사물에 자신을 비유하는

수법으로 "구름을 찌르려는 한 마디 속凌雲一寸心"이라고 자신의 포부를 써내면서 동시에 앞날에 대한 근심과 불안을 표현하였다. 두 번째로 진사시에 응시했던 것은 그가 최융의 막부를 떠난 이듬해 즉 대화 9년(835) 정월이었다. 이상은은 고향 정주에서 장안으로 가 다시 시험에 응시하였다. 그러나 합격자 발표명단에는 이름이 없었다. 두 번 낙방한 원인에 대해 시인이 직접 설명한 적은 없으나 관련 사료를 통해 그 이유를 짐작해볼 수 있다. 원래 대화 7년의 진사시는 주로 "첩경帖經"이었다. 이상은은 무조건 암기하거나 경서經書와 사서(史書를 답습하는 학풍에 대하여 반감을 가지고 있었는데, 그가 친구에게 보낸 편지에서 밝히고 있다.

> 처음 어른들의 "도를 배울 때는 반드시 옛날을 본받아야 하며 글을 쓸 때에는 반드시 모범이 있어야 한다"는 말씀을 듣고 늘 답답하며 불쾌하였다. 물러나 스스로 생각하기를, 무릇 도라는 것을 어찌 주공이나 공자 같은 사람만이 할 수 있겠는가. 나도 주공 공자와 같은 사람이다. 그러므로 도를 행하는 것은 고금에 얽매이지 않고 그저 붓을 휘둘러 글을 쓰는 것이니, 경전과 사서에 집착하여 당시의 것을 피하는 것은 좋아하지 않는다. 온갖 경서들은 각각 다른 종류일 뿐이니 어찌 개인의 생각이 그 아래에 놓을 수 있겠는가!(始聞長老言: "學道必求古, 爲文必有師法." 常悒悒不快. 退自思曰: 夫所謂道, 豈古所謂周公孔子者獨能邪? 盖愚與周孔俱身之耳. 以是有行道不系今古, 直揮筆爲文, 不愛攘取經史, 諱忌時世. 百經萬書, 異品殊流, 又豈能意分出其下哉!)[16]

이 글은 구시대적 전통을 혁파하여 진보적 관점을 천명하는, 폐부를 씻어내는 통쾌한 언사이다. 그는 자유로운 창작을 주장하였으며 우상을

....

16) 〈화주자사 최귀종(崔龜從)에게 올리는 편지(上崔華州書)〉

만들어 숭배하는 것에 반대하였는데, 이는 분명 당시 문단의 정통관념에 대한 도전이었다. "그저 붓을 휘둘러 글을 쓰는 것直揮筆爲文"과 "경전과 사서에 집착하는 것은 좋아하지 않음不愛攘取經史"은 당연히 과거 시험관의 뜻에 부합되지 않았을 것이고, 그러므로 진사에 낙방한 것도 이상할 것이 없었다. 그 밖에 이상은은 스스로 자신이 "5년 동안 거하면서 옷소매에 문장을 지닌 채 사람을 배알하여 인정을 구한 적이 없었다.居五年間, 未曾衣袖文章謁人求知"[17]고 말하였으니 이 역시 누차 낙방한 원인 중 하나일 듯싶다.

문종 개성開成 2년(837)에 이상은은 세 번째로 장안에 가서 과거에 응시, 마침내 성공하였다. 이는 그의 문재文才가 특별히 잘 발휘되어서라기 보다는 좋은 인연을 만났기 때문이었다. 은사 영호초의 아들 영호도令狐綯가 당시 조정에서 좌습유左拾遺를 지내고 있었는데, 이 해 주임시험관인 고개高鍇와 친분이 두터워 그를 통해서 극력 추천했기 때문에 이상은의 십여 년 큰 뜻이 비로소 이루어진 것이었다.

당대唐代에는 "서른 살 늙은 명경과 생도, 쉰 살 젊은 진사三十老明經, 五十少進士"라는 속담이 있었다. 이는 진사급제의 어려움을 비유하는 말이다. 이상은이 급제했을 때는 겨우 25세여서 당시로서는 매우 대단한 일이었다. 합격 소식이 전해지자 이상은은 너무 기뻐 어찌할 바를 모르면서 곧바로 몇 편의 〈영호상공께 올리는 장계上令狐相公狀〉를 써서 영호 부자의 도움에 감사했다.

> 이달 24일에 예부에서 합격발표가 났습니다. 저는 요행히도 이름이 붙어 감격을 이기지 못하였습니다. 저의 재주가 빼어난 것도 아니고 글이 탁월한 것도 아닌데 다행히 과거급제의 명예를 얻게

....
17) 〈화주자사 최귀종(崔龜從)에게 올리는 편지(上崔華州書)〉

된 것은 모두 격려하며 꾸며주신 덕택입니다. …… 알에서 새가 되는
것은 모두 생성에서 비롯됩니다. 분골쇄신하여 힘써도 보답할 수 있
을지 모르겠습니다.(今月二十四日禮部放榜, 某徼幸成名, 不任感慶.
某材非秀異, 文謝淸華, 幸忝科名, 皆由獎飾.…… 自卵而翼, 皆出于生
成; 碎首糜軀, 莫知其報效)[18]

   오랜 시간동안 이상은은 행복과 기쁨에 젖어 있었다. 고향으로 돌아
가려고 장안을 떠날 때 동기들은 버들빛 아득한 파수가에서 이별을 아
쉬워하였으나 이상은은 오히려 버들 꺾어 주며 이별하는 풍습에서 벗어
나자고 권하였다. 왜냐하면 이때 그는 "파릉의 버들빛에는 이별의 한
없으니 공연히 긴 가지를 그리운 이에게 주지 않아도 되리라.霸陵柳色無
離恨, 莫枉長條贈所思"[19]라 생각했기 때문이다. 그 얼마나 득의양양하고
자신만만한가!

. . . .

18) 〈영호상공께 올리는 장계 5(上令狐相公狀五)〉
19) 〈급제하고 동쪽으로 돌아가다 파상에 머물며 급제 동기에게 부쳐(及第東歸次
   灞上却寄同年)〉

3 애정시와 그 자취

대략 대화 9년(835)에서 개성 2년(837)사이, 즉 두 번째 과거 실패에서 세 번째 장안으로 응시하러 갈 때까지 이상은은 왕옥산王屋山의 지맥인 옥양산玉陽山(지금의 하남성 제원시濟源市 서쪽)에서 은거하며 도를 배운 적이 있었다.

은거하며 도를 배우는 일은 당대에 매우 유행하였다. 당시 황제는 종종 사람을 보내 은거중인 현인과 명사를 불러들여 조정을 돕게 하였는데 이를 통해 단번에 높은 지위에 오르거나 일거에 재상이 되는 경우가 꽤 있었다. 초당의 노장용盧藏用은 과거에 응시했다가 낙방하고 종남산終南山에 은거하다가 후에 무측천武則天의 부름을 받아 벼슬이 상서좌승尙書左丞에 이르렀다. 이에 도사 사마승정司馬承禎은 이를 두고 "종남첩경終南捷徑"이라고 불렀다. "종남첩경"과 진사시의 응시는 당대唐代 관직에 나아가는 두 가지 중요한 길이었다. 이밖에 당 왕조는 도교를 숭상했기 때문에 수많은 황족과 귀족들이 다투어 산속에 호화로운 도관道觀을 세워 은거생활을 하였다. 공주들은 오랫동안의 사치한 생활로 인한 정신적인 공허에서 벗어나기 위해 이러한 은거를 동경하였다. 예를 들어

당 현종의 누이동생 옥진玉眞공주는 옥양산에 궁전같은 대규모 도관을 세우고 "영도관靈都觀"이라 이름 붙였다. 옥진공주이후 도교에 귀의한 공주들 여럿이 계속 그곳에 살았다. 옥양산은 향기로운 안개에 늘 둘러싸여 있었고, 산속에는 공주를 따라 함께 입도入道한 궁녀들도 많았다. 그들은 하늘하늘하고 화려한 의상을 입고 소나무와 대나무로 둘러싸인 궁전에서 이리저리 다니며 공주를 모시는 일을 담당하였다.

이상은은 옥양산에 와서 "산은 가까이 현포에 이어지고, 물은 멀리 은하수에 맞닿은山連玄圃近, 水接絳河遙"[1] "경요궁瓊瑤宮"에 묵었다. 이곳은 영도관과 매우 가까워 중간에 한 줄기 옥계玉溪만이 있을 뿐이었다. 이상은은 영도관에서 공주를 따라 입도한 궁녀들을 알게 되었으며 그중 음률에 정통한 송씨宋氏라는 궁인을 사랑하게 되었다. 그러나 그들의 애정은 봉건 예교상 용납될 수 없는 것으로 그들은 지척이 천리인 양 만나기 어려웠다. 두 사람은 남몰래 편지와 소식을 전하면서 시가와 음률을 빌어 애모의 정을 호소할 수밖에 없었다. 이것이 바로 이상은이 난해한 "무제"애정시와 제목이 모호한 시를 대량으로 창작한 이유였다.

이러한 애정시는 공통점이 있다. 도교 신선세계의 전고를 많이 사용하였고 정감이 면면히 감돌며 시어가 유달리 아름답고 주제가 불명확하여 이해하기 어려우며 의경意境이 아득하고 변화무쌍하다. 시에서는 항상 상대방을 서왕모西王母의 시녀 아환阿環이나 혹은 진목공秦穆公의 딸 농옥弄玉 즉 진아秦娥에 비유하였고, 자신은 곤륜산 신선들의 복숭아를 훔쳐 먹은 동방삭東方朔이나 혹은 천태산天台山에서 선녀를 만난 유신劉晨 즉 유랑劉郎에 비유하였다. 그리고 상대방이 사는 영도관은 또한 항

---

1) 〈동천절도사 양여사(楊汝士) 막부를 따라가는 작은할아버지를 전송하며(送從翁從東川弘農尚書幕)〉

상 "요대瑤臺" "자부紫府" "진루秦樓" "봉산蓬山" "용궁龍宮" "성녀사聖女祠" 등등으로 비유하였다. 실제로는 모두 그와 송씨 궁녀와의 연애를 묘사한 것이다. 예를 들어 〈구마다 대를 맞추다當句有對〉시는 그들이 은밀하게 만날 때의 광경을 그린 것이다.

密邇平陽接上蘭[2],	평양공주의 저택에 가깝고 상란관과 인접하여
秦樓鴛瓦漢宮盤[3].	진나라 누각의 원왕와에 한나라 궁궐의 승로반.
池光不定花光亂,	연못의 빛은 고정되지 않고 꽃빛은 어지러운데
日氣初涵露氣乾.	태양의 기운이 막 퍼지면서 이슬의 기운이 마른다.
但覺遊蜂饒舞蝶,	노니는 벌이 춤추는 나비 사랑함을 느낄 뿐
豈知孤鳳憶離鸞.	외로운 봉황이 이별한 난새 그리워하는 줄 어찌 알리오.
三星自轉三山遠[4],	삼성은 저절로 돌건만 삼신산 멀어
紫府程遙碧落寬.	신선의 거처로 가는 길 아득하고 푸른 하늘 넓기만 하다.

....

2) 平陽(평양) : 한무제의 누이인 평양공주. 여기서는 당대 공주들이 기거했던 영도관(靈都觀)을 가리킨다. 上蘭(상란) : ≪삼보황도(三輔黃圖)≫, "상림원에 상란관이 있다.(上林苑中有上蘭觀)" 여기서는 시인이 도를 배웠던 도관을 가리킨다. 진(秦)나라 때 만들어진 어원(御苑)인 상림원(上林苑)에 있었던 상란관(上蘭觀).

3) 鴛瓦(원와) : 짝을 맞춘 기와. 남녀의 결합을 비유한다. 漢宮盤(한궁반) : 한무제가 신선을 좋아하여 감로를 마시면 수명을 늘릴 수 있다고 여겨 선인의 승로반을 만들어 감로를 받고자 하였다. 여기서는 신선도를 배우는 것을 가리킨다.

4) 三星(삼성) : ≪시경·당풍(唐風)·주무(綢繆)≫, "땔나무 다발을 묶어놓고 나니 삼성이 하늘에 반짝이네.(綢繆束薪, 三星在天)" 모전(毛傳)에 "삼성은 삼수이다. 하늘에 반짝이면 동쪽에서 보인다. 삼성이 하늘에 반짝이면 시집가고 장가들 수 있다.(三星, 參(宿)也;在天, 始見東方也;三星在天, 可以嫁娶矣)" 여기서는 은밀한 즐거움을 비유한다. 三山(삼산) : 신화전설에 나오는 바다위에 있다는 봉래(蓬萊), 방장(方丈), 영주(瀛州) 삼신산.

이 시는 수련에서 비유법을 써서 두 연인이 사는 곳이 매우 가까워 마침내 신선과 같은 은밀한 기쁨이 생겨났음을 암시하였다. 함련과 경련은 비흥의 수법을 써서 두 사람이 은밀하게 사랑할 때의 정열적인 광경과 이별 후 고통스러운 그리움을 함축적으로 그려내었다. 미련은 "삼신산이 멀다三山遠" "신선의 거처로 가는 길 아득하다紫府程遙" "푸른 하늘 넓기만 하다碧落寬"의 시어를 잇달아 사용하여 은밀한 기쁨이 늘 있는 것이 아니며 이별 후에는 지척이 천리같이 만나기 어려움을 탄식하였다. 전편에 7,8개의 전고를 사용하여 퍽 난해하나 대장이 극히 자연스럽고 정교하여 함련이나 경련의 대구는 물론이고 수련과 미련의 구절내 대구도 모두가 티나게 꾸민 흔적이 없어 시인의 표현력이 독자적인 경지에 이르렀음을 알 수 있다.

〈무제〉는 독창적 형식을 쓴 애정시로, 예술적인 성취가 매우 높다. 다음을 보자.

相見時難別亦難,	서로 만나기도 어려웠는데 이별은 더욱 어려워라.
東風無力百花殘.	봄바람도 힘없어 온갖 꽃들도 다 시드네.
春蠶到死絲方盡,	봄누에는 죽어서야 실이 다하며
蠟炬成灰淚始乾.	촛불은 재가 되어서야 눈물 겨우 마른다오.
曉鏡但愁雲鬢改,	아침 거울에 귀밑머리 변했음을 근심할 것이며
夜吟應覺月光寒.	밤에 읊조리며 달빛이 차가움을 느끼겠지.
蓬山5)此去無多路,	봉래산 여기서 멀리 떨어진 길 아니니
靑鳥6)殷勤爲探看.	파랑새야. 나를 위해 잘 알아봐 주렴.

....
5) 蓬山(봉산) : 봉래산. 고대 전설상의 바다에 있다는 신선산. 여기서는 상대가 거하는 영도관을 가리킨다.
6) 靑鳥(청조) : 고대 전설상의 서왕모가 부리는 사자. 여기서는 그를 위해 편지를 전해주는 다른 입도한 궁녀를 가리킨다.

이 시는 치밀하게 네 개의 층위로 설계하여 이상은과 송씨 궁녀의 진지한 사랑과 집착을 깊이 있게 묘사하였다. 우선 단도직입적으로 그들의 만남이 지극히 어려우며 또한 어렵게 얻은 은밀한 만남이므로 헤어짐이 더더욱 견디기 어려움을 말하였다. 이어서 굳은 맹세로써 사랑에 대한 충절을 표현하였다. 그러나 잔인한 현실 때문에 결국 그들은 결합하지 못하였고 두 사람 모두 그리움으로 고통 받게 된다. 마지막에는 필치를 바꾸어 파랑새가 날아가는 것으로 빛나는 희망을 상징하였다. 시가 단숨에 이루어진 듯 구성이 교묘하고 시어가 유창하면서도 의경이 함축적이고 심원하다. "봄누에는 죽어서야 실이 다하며 촛불은 재가 되어서야 눈물 겨우 마른다오.春蠶到死絲方盡, 蠟炬成灰淚始乾"라는 시구는 일상생활 속에서 흔히 보이는 두 현상을 들어 사랑의 충절을 형용한 것으로, 참신하면서도 깊이가 있어 오래도록 회자되는 명구이다.

이와 의경이 비슷한 또 다른 〈무제〉가 있다. 먼 이별을 묘사한 것으로 더욱 애절하다.

來是空言去絶蹤,	온다던 말 빈말되고 한번 가곤 발길 끊겨
月斜樓上五更鐘.	달은 누대 위에 기우는데 오경의 종소리.
夢爲遠別啼難喚,	꿈에서 먼 이별하여 흐느낌에 불러도 목이 메고
書被催成墨未濃.	독촉 속에 쓰는 편지 먹물조차 흐리네.
蠟照半籠金翡翠,	금비취 새겨진 등갓에 촛불은 흐릿하고
麝熏微度繡芙蓉.	사향은 연꽃 수놓인 장막에 은은하게 스며드네.
劉郎已恨蓬山遠,	유랑은 봉래산이 멀다고 한탄했는데
更隔蓬山一萬重.	그대 있는 봉래산은 일만 겹이나 더 떨어져 있구나.

시의 내용은 이렇다. 깊어가는 가을, 궁녀는 공주를 따라 장안으로 돌아가 다음해 봄에야 비로소 돌아올 수 있다. 당시 시인은 이 소식을 알고는 마음에 갈피를 잡지 못하여 밤새도록 잠을 이루지 못한다. 그는

황급히 송별의 편지를 쓰느라 먹을 진하게 갈 시간도 없다. 시인은 연인이 깊은 궁중에 홀로 살아가는 광경을 상상한다. 금빛 물총새 도안이 그려진 등갓과, 사향이 은은히 스민 연꽃 수놓인 장막으로 촛불이 비치니 마음은 한없이 슬프다. 그는 천태산에서 선녀를 만난 유신劉晨을 자신에 비유하고, 봉래산의 선경仙境을 깊은 궁궐로 비유하였다. 평소 지척이 천리인 듯 만나기 어려웠던 것도 한스럽게 여겼는데 이제 멀리 이별하면 바로 "그대 있는 봉래산은 일만 겹이나 더 떨어져 있更隔蓬山一萬重"게 되니 상사의 정은 한층 더 깊어진다.

같은 내용을 쓴 〈무제〉시로는 "자부선인의 호는 보등紫府仙人號寶燈" "향기롭고 얇은 봉황무늬 비단 몇 겹이나 되는가鳳尾香羅薄幾重" "겹 휘장 깊이 내려진 막수의 방重幃深下莫愁堂" 등등이 있다.

이상은과 송씨 사이의 비밀은 나중에 누설되어 궁녀는 할 수 없이 옥양산을 떠나게 되었다. 시인은 매양 시에 "비녀의 두 마리 꼬리 흰 제비에게 묻노니 매일 구슬 궁전에 조회를 가서 언제쯤 돌아오느냐?寄問釵頭雙白燕, 每朝珠館幾時歸"[7]와 같은 구절을 썼으나 끝내 그녀의 소식을 얻지 못하였다. 여러 해가 지난 후에 이상은이 다시 당시 도를 배우던 옥양산을 지날 때에 옛 일을 추억하며 감개를 이기지 못해 적지 않은 시를 지었다. 〈다시 성녀사를 지나다重過聖女祠〉를 보자.

白石巖扉碧蘚滋,	하얀 돌문에 파란 이끼 무성한데
上淸[8]淪謫得歸遲.	하늘에서 쫓겨나 돌아갈 날은 더디기만 하다.
一春夢雨[9]常飄瓦,	봄 내내 꿈결 같은 가랑비 항상 기와에 날리고
盡日靈風[10]不滿旗.	종일 부는 신령한 바람 깃발조차 날리지 못한다.

7) 【역자주】 〈성녀사(聖女祠)〉
8) 上淸(상청) : 도교에서 이른바 "삼청(三淸)" 중 하나. 신선이 거하는 곳.
9) 夢雨(몽우) : 초 양왕이 꿈속에서 만난 무산신녀의 고사를 가리킨다.

萼綠華來無定所,	악록화처럼 와서는 정처 없이 지내다
杜蘭香去未移時[11].	두란향처럼 가버려 얼마 있지 못했다.
玉郎[12]會此通仙籍,	옥랑을 여기서 만나면 신선의 명부에 이름 올려
	줄 터라
憶向天階問紫芝.	하늘계단에서 자줏빛 영지 묻던 것 떠올린다.

이상은은 옥양산에서 도를 배운 일을 상청上淸의 선경仙境에 비유하였고, 세속으로 가서 벼슬살이하는 것을 선경에서 인간세상으로 귀양 간 것으로 간주하였다. 이때는 이상은이 옥양산을 떠난 지 매우 오래되어 영도관도 이미 이끼가 무성하게 되었다. 비록 꿈에는 항상 당시 은밀한 즐거움의 정경이 나타나나 지금은 신령한 바람이 불어도 그녀를 다시 오게끔 하지 못하니 그녀의 자취는 어디 있는지 알 수가 없다. 마지막에 자신을 "옥랑玉郎"에 비유함으로써 연인의 행방을 알고자 하였으며 그녀에 대한 간절한 그리움을 드러내었다. 그러나 이때 시인은 이미 뜨거운 사랑에 허우적대기보다는 오히려 슬프고 막막한 감정이 더욱 깊었다.

나중에 이상은은 장안에서 다행히 송씨 궁녀와 그녀의 자매를 다시 만났다. 이때 그들은 마침 화양華陽공주의 옛 거처인 화양관華陽觀에 살고 있었다. 당시 화양관은 이미 점차 쇠락해서 옛 궁인들과 여도사女道士들의 한거하는 장소였으며 또한 장안에 올라와 과거에 참가하는 선비들도 묵을 수 있는 숙소여서 이상은은 이곳에서 옛 연인과 재회할 수 있었다. 그는 칠언율시 〈화양관 송진인에게 보내고 겸하여 청도관 도사 유선생에게 부치다贈華陽宋眞人兼寄淸都劉先生〉와 칠언절구 〈달밤에 송화양 자매에게 거듭 부치다月夜重寄宋華陽姉妹〉를 지었다. 그중 칠언절구를

· ·

10) 靈風(영풍) : 신풍(神風)
11) 萼綠華(악록화), 杜蘭香(두란향) : 선녀 이름. 여기서는 궁녀를 가리킨다.
12) 玉郎(옥랑) : 도교전적에서 신선 명부를 관장했던 직위.

보자.

> 偸桃竊藥事難兼,   복숭아 훔친 이와 약을 훔친 이 함께하긴 어려운데
> 十二城中鎖彩蟾.   열 두 구비 성안에 달 속의 두꺼비처럼 갇혔네.
> 應共三英同夜賞,   세 여인과 함께 이 밤을 감상하겠지만
> 玉樓仍是水精簾.   옥루에는 여전히 수정주렴 드리워졌겠지.

이 시에서는 복숭아를 훔쳐 먹음 동방삭을 자신으로, 선약仙藥을 훔친
항아嫦娥를 상대방으로 비유하여 지난 일을 탄식하였다. 또한 여전히 도
관道觀에 깊이 갇혀 있는 송씨 궁녀의 처지를 깊이 동정하였다. 마지막
에 "옥루에는 여전히 수정주렴 드리워졌겠지.玉樓仍是水精簾"라는 시구로
결말을 지어 끝내 소원을 이룰 수 없었던 두 사람의 슬픈 심정을 완곡하
게 호소하였다.

깊이 사랑하는 두 연인이 봉건제도와 봉건예교의 압박으로 헤어졌다.
이는 이상은의 입장에서 보면 무척 한스럽고 슬픈 일이나 이러한 연애
경험은 시인의 작풍 형성에 커다란 영향을 미쳤다. 이상은의 생활범위
는 별로 넓지 않았으나 이런 경험은 정감이 깊고 진지하며 함축적이고
전아하며 의경이 고원한 애정시를 가능하게 하였으며, 애정시는 이상은
시가에서 중요한 요소가 되었다. 이러한 부류의 시가는 만당 시단에서
하나의 독자적인 시파를 형성하여 새로운 국면을 열었으므로 그 영향이
매우 크며 중국문학사에서 이상은시가 중요한 지위를 얻게 된 중요한
원인 가운데 하나가 되었다. 동시에 이러한 시가는 객관적으로도 어느
정도 반봉건적인 의의가 있다.

이상은의 무제시에 대하여 학술계에서는 예로부터 논쟁이 심했다. 혹
자는 이러한 시는 모두 정치적인 기탁이 있다고 여겼고, 혹자는 시대를
근심하고 국가를 걱정하는 마음을 기탁했다고 말하였으며, 혹자는 시인

의 신세한탄을 기탁했다고 말하는 등 한 두 가지가 아니다.

우리는 이상은의 〈무제〉시가 결코 한순간에 혹은 한 곳에서 지어진 것이 아니며 사상내용 또한 상당히 복잡하여 그 중 일부는 상징적인 의의도 있음을 알고 있으나 상당부분은 기탁이 없는 애정시 혹은 염정시임을 인정해야 한다.

이상은의 연애문제에 대해서는 지금도 여전히 의심의 여지가 있다. 그의 시에서 어질고 총명한 부인 왕씨王氏가 후처임이 드러나나 전부인은 누구인지 알 수 없다.[13] 이밖에 이상은의 시집에는 시인과 기타 여인들과의 우정을 묘사한 시들도 보존되어 있다. 〈유지 5수柳枝五首〉는 그중의 하나이다.

서문에 의거하면, 낙양성에는 유지柳枝라는 처녀가 있었는데 그녀가 이웃에 사는 양산讓山으로부터 이상은의 시를 듣고 시인의 재능에 깊이 탄복하였다. 마침 양산이 이상은의 사촌형이었으므로 그의 도움으로 유지는 마침내 시인과 만났다. 유지는 빼어나게 차리고, 수줍어 머뭇머뭇하며 비단 부채로 얼굴을 가리고는 이상은에게 시를 청하였다. 처녀는 시인의 문재文才를 사랑하여 그와 사흘 뒤에 다시 만나기로 은밀히 약속하였다. 뜻밖에 시인이 사정이 생겨 약속을 어기게 되었다. 이후에 다시 와서 처녀의 소식을 수소문하였는데 유지가 이미 시집갔음을 알게 되었다. 이에 이상은은 다음 연시聯詩를 지었는데, 이때의 심정은 필경 조금 슬펐을 것이다.

| 本是丁香樹, | 본시는 정향나무로서 |
| 春條結始生. | 봄 가지에 꽃망울이 처음 맺혔네. |

13) 〈조카딸 기기 제문(祭小姪女寄寄文)〉에 "하물며 내 아내와 이별한 이래 후처를 아직 들이지 못함에랴.(況吾別娶已來, 胤緒未立)"라 하였다.

| 玉作彈碁局, | 옥으로 바둑판을 만드니 |
| 中心亦不平. | 가운데가 또한 평평하지 않네. |

- 두 번째 시

畵屛繡步障,	그림 병풍과 수놓은 장막엔
物物自成雙.	사물마다 제각기 쌍을 이뤘다.
如何湖上望,	어찌 호수 위를 바라보랴
只是見鴛鴦.	그저 원앙만 보이는 것을.

- 다섯 번째 시

이 절구들은 풍격이 청신淸新하고 시어가 질박, 명쾌하며 함축적이면서도 조탁하지 않아 위에서 예로 든 궁녀와의 연애시들과는 완전히 다르다. 혹은 유지가 일반 여염집 처녀라서 모호하게 감출 필요가 없었을지도 모르겠다.

4 감로지변甘露之變의 비가悲歌

태원막부太原幕府에서 진사에 급제하기까지는 이상은 시가창작의 번영시기로 애정을 주제로 하는 무제시 외에 정사政事에 대한 관심과 민생을 동정하는 많은 작품을 썼다. 이상은은 이를 통해 조정의 시국 및 중대한 사건들에 대한 자신의 견해를 드러내었다. 이러한 시들은 백성에 대한 동정과 사악한 세력에 대한 꾸짖음, 정직한 사람이 박해받는 것에 대한 원망을 여러 각도에서 반영하고 있어, 이상은 시가예술의 또 다른 중요한 측면을 조성하고 있다.

대화大和 9년(835) 11월, 환관宦官과 조정의 신하간의 갈등이 최고조에 달아 이른 바 "감로지변甘露之變"이 터지고 만다.

당왕조는 헌종憲宗이 환관에게 살해된 후부터 황제의 폐립이 완전히 환관의 손에 있었다. 이어서 경종敬宗이 살해된 후 문종文宗 이앙李昂이 황제의 보좌에 앉혀졌다. 문종은 즉위했으나 실권이 없이 환관들의 뜻에 따라 일을 처리했어야 했으므로 노예와 같은 억압에 고통스러워하였다. 당시는 번진藩鎭이 할거하는 국면이 나날이 심각해지고, 조정에서는 하황河湟 지구를 수복하고 하북河北의 번진세력을 제거할 것을 요구하는 목소리가 매우 높아지자, 진보세력을 등에 업고 문종은 전권專權을 휘두르는 환관을 제거하기로 결심한다. 이는 매우 힘들고도 복잡한 투쟁이었으나 문종은 책략도 없고 실제 투쟁경험도 없는 이훈李訓에게 운명을 맡겼다. 이훈은 매우 신속하게 동평장사同平章事(재상)에 올라 조정에 참여하였다. 동시에 정주鄭注도 옛날의 문종과의 관계로 봉상鳳翔(지방정부의 소재지는 지금의 섬서성 봉상현鳳翔縣) 절도사節度使로 임명되었다. 이훈과 정주 두 사람은 안팎으로 공조하여 구사량仇士良 등 환관을 제거하려는 계획을 비밀리에 세우고, 사람을 보내 좌금오위대청左金吾衛大廳 뒤의 석류나무에 밤새 감로甘露가 내렸다고 하며, 이것은 길조라고 거짓으로 꾸며 환관이 가서 보도록 하였다. 이 계획은 주도면밀하지 못하고 준비 작업도 갑작스러워 구사량 등이 대청大廳에 들어가기도 전에 복병伏兵이 발견되었다. 환관들은 재빨리 문종을 협박해 후궁으로 피해 들어갔고, 곧이어 금군禁軍을 크게 풀어 관련자를 잡아들이고 학살하라 하였으니, 이를 계기로 환관들은 평소에 눈의 가시였던 조신朝臣을 제거하였다. 해를 당한 이로는 이훈과 정주 외에 재상 왕애王涯, 가속賈餗, 서원여舒元興 등이 모두 구족九族이 멸하여졌다. "감로지변"과 연루된 자는 천여 명에 달했는데, "궁전은 피로 물들였고, 시체는 수도 없었다.流血千門, 僵尸万計" 조정은 극단적인 공포분위기에 휩싸였다. 이로부터 환관들은 조정을 거머쥐고 더욱 날뛰어 문종은 완전히 그들에 의해 좌지우지되는 꼭두각시가 되고 말았다.

　"감로지변"후의 대학살은 정의감 넘치는 일군의 문인학사들의 분노를 불러일으켰지만, 그들은 환관의 사나운 위세에 눌려 감히 말도 꺼내지 못했다. 당시 대담하게 환관과 투쟁한 이로 백거이白居易가 있는데, 그도 시에 "그대가 흰머리로 함께 돌아갈 날이 바로 내가 청산으로 홀로 갈 때리라.當君白首同歸日, 是我靑山獨往時"라 완곡하게 썼고, 또 "기린은 포가 되고 용은 젓이 되었으니 어찌 진흙 중에 꼬리를 끄는 거북을 닮지 않았는가?麒麟作脯龍爲醢, 何以泥中曳尾龜"[1]라 하며 비탄에 잠겼다. 모두 자신의 안위를 위해 몸을 사렸던 것이다. 두목杜牧은 〈이감시李甘詩〉에서 자신의 사변에 대한 견해를 천명하였지만 진짜 일을 저지른 자에 대해서는 직접적으로 견책하지 못하면서, 울분을 모두 실패자의 몸에 쏟아놓으며 이훈과 정주가 나라를 그르쳤다고 다음과 같이 질책하였다. "대화 8, 9년, 이훈과 정주는 성내어 우는 범이었다.大和八九年, 訓注極虓虎", "우리 임금께서 깨닫지 못하는 새에, 두 흉악한 자는 나날이 권위 있고 무력화 되었다.吾君不省覺, 二凶日威武", "그해 겨울 두 흉악한 이가 패하자 조서를 발표하여 그물질 하였다.其冬二凶敗, 渙汗開湯罟" 이상은은 이때 아직 급제하지 못하여 공을 이루지도 못하고 지위도 낮았지만 이런 국가운명이 걸린 폭풍은 그의 마음을 흔들기에 충분하였다. 그는 정치적 열정과 격분을 품고 저명한 오언배율五言排律 〈느낀 바가 있어 2수 有感二首〉를 썼다.

九服歸元化[2],	온 나라가 제왕의 덕에 귀속되고
三靈叶睿圖[3].	삼령이 임금의 계책과 부합되었거늘,
如何本初輩[4],	어째서 원소袁紹의 무리들은
自取屈氂誅[5].	스스로 유굴리劉屈氂의 죽음을 택했는가?

....

1) 백거이, 〈9년 11월 20일 느끼는 바 있어 짓다(九年十一月二十日感事而作)〉
2) 九服(구복) : 경기 바깥을 아홉 지구로 나눈 것을 가리킨다. 전국을 가리키기도 한다. 元化(원화) : 덕화(德化)
3) 三靈(삼령) : 천, 지, 인을 가리킨다. 睿圖(예도) : 영명한 책략.
4) 本初(본초) : 동한 말 원소(袁紹)의 자(字). 한 소제 유변(劉辨)이 광희(光熹) 원년(189)에 대장군 하진(何進)과 환관을 주살할 것을 모의하였는데 누설되어 하진이 피살되었다.
5) 屈氂(굴리) : 한무제의 서형인 중산정왕(中山靖王)의 아들 유굴리(劉屈氂). 환

有甚當車泣[6],	수레에서 울게 한 것보다 심했으니
因勞下殿趨.	그 때문에 수고롭게 궁전에서 내려와 뛰어야 했네.
何成奏雲物[7],	어찌 구름의 길흉을 상주하게 되랴?
直是滅萑苻[8].	그저 환부를 토벌하는 바인 것을.
證逮[9]符書密,	관련자를 체포하라는 공문이 엄밀하여
詞連性命俱.	진술에 연루된 사람은 목숨을 함께 했네.
竟緣尊漢相,	결국 한나라의 재상을 치켜세우다가
不早辨胡雛.	미처 오랑캐 아이를 가려내지 못했던 것.
鬼錄[10]分朝部,	사자死者의 명부는 조정의 반열을 나누고
軍鋒照上都.	군대의 칼끝이 수도를 밝혔네.
敢云堪慟哭,	통곡할 만하다 감히 말하거니와
未必怨洪鑪[11].	커다란 화로를 원망해 무엇하랴.

- <느낀 바가 있어 2수有感二首> 중 첫 번째

이상은은 문종이 환관에게 타격을 주고 조정을 재정돈 하고자 한 것은 대다수 사람들의 바람과 요구에 부합한 것이어서 완전히 실현가능한 것이라 여겼다. 그래서 이 시의 도입부에서 그는 환관을 제거하는 데 좋은 조건을 나열했으며, 이어서 사건에 대한 자신의 시각을 서술하였

....

   관 곽양(郭穰)이 그가 음모를 꾸미고 있다고 참소하여 허리가 잘려 죽었고 처와 자식도 효수되었다.
 6) 當車泣(당거읍) : ≪한서·원앙전(袁盎傳)≫에 한 문제와 환관 조담(趙談)이 임금의 수레에 동승하자, 원앙이 수레 앞에 엎드려 형을 받은 사람과 함께 수레를 탈 수 없다고 간언하여 조담은 울었다고 한다.
 7) 奏雲物(주운물) : 상서로운 감로가 내렸다고 상주하다.
 8) 萑苻(환부) : ≪좌전(左傳)·소공(昭公) 20년≫, "정나라에 도둑이 많아져 환부의 택지 지역에서 인명을 뺏는 일이 생겼다. 대숙이 병사를 출동시켜 환부의 도적들을 공격하여 모두 토벌하였다.(鄭國多盜, 取人于萑苻之澤. 大叔興徒兵以攻萑苻之盜, 盡殺之)" 후대에는 도적을 환부라 한다.
 9) 證逮(증체) : 사건과 관련된 자를 체포하다.
 10) 鬼錄(귀록) : 죽은 사람의 이름을 적은 명부.
 11) 洪鑪(홍로) : 이 세상천지를 가리킨다.

는데, 이훈 등이 아무런 계책이 없었다고 보았다. 거짓으로 상서로운 것이 있다고 꾸며 환관을 죽이려 한 것은 지혜롭지 못했으며 결과적으로 일도 실패하였고 도리어 재앙이 조정의 여러 신하까지 미치게 되었다는 것이다. 또한 이상은은 문종이 이 사건에서 책임을 져야 한다고 솔직하게 지적하였는데, 왕이 이훈과 정주를 잘못 기용하여 대참극이 빚어졌고 조정의 신하들도 사자死者의 명부에 이름을 오르게 하였기 때문이다. 두 번째 시에서는 간결한 언어를 사용하여 "감로지변"의 경과를 그려내면서 환관이 조신에 대한 유혈 진압의 참상을 묘사하였다. 환관은 "흉악한 무리凶徒"라 호되게 책망하여 이러한 참혹한 학살이 당왕조의 양기陽氣를 끊었다고 말하였다. 시에서 "감로지변"이 일으킨 재난을 비교적 객관적으로 그려냈을 뿐 아니라 작자의 주관적 감정도 선명하게 드러내었다. 그는 비분하여 "누가 원통함을 품고 눈을 감을 수 있을 것이며 어찌 끊어질 듯한 목소리를 삼키겠는가?誰瞑銜寃目, 寧呑欲絶聲!"라 소리쳤다. 당시 문종은 이미 환관의 위협으로 후궁으로 피신해 있어 속수무책이었고, 본인이 나서서 신하들의 목숨을 구하려는 마음도 없어서 재상 왕애王涯를 포함해서 무고한 이를 살육하는 구사량 등을 내버려두었다. 이상은은 문종의 이러한 태도에 불만을 품어 시의 마지막 부분에 화제를 "감로지변"후의 궁정의 잔치로 돌렸다. "요즘에 들으니 장수를 비는 연회를 열면서, 함지와 육영을 쓰던 걸 없애지는 않았다 하네. 近聞開壽宴, 不廢用咸英12)"이라 하여 잔치에서 연주되는 음악이 여전히 왕애가 생전에 제정한 〈운소악雲韶樂〉임을 지적하여 문종의 무능을 강렬하게 풍자하였다.

....

12) 咸英(함영) : 옛 악곡명으로 〈함지(咸池)〉 〈육영(六英)〉이 있다. 문종이 왕애(王涯)에게 명을 내려 개원 시기의 아악을 〈운소악(雲韶樂)〉으로 정하게 하였다.

〈느낀 바가 있어 2수有感二首〉는 이상은의 선명한 정치성향과 정밀한 정치적 견해를 표현한다. 신랄한 필치로 대다수 정직한 선비의 울적한 불만을 매우 강하게 토로하여 후세의 호평을 받았다. 청나라 사람 하작何焯은 "당나라 사람이 감로지변을 논한 것 중 마땅히 이 시를 최고로 삼아야 하니 필력 역시 완전하다.唐人論甘露事, 當以此詩爲最, 筆力亦全"고 여겼다.

"감로지변"이 발생한 후 소의昭義(지방정부는 지금의 산서성 장치시長治市에 있음)절도사 유종간劉從諫이 왕애 등이 피살된 죄명을 질문하는 표表를 세 번이나 올렸다. 유종간은 군사적 지위가 높고 실력도 대단한 지방의 우두머리여서 환관들은 그를 늘 조심스럽게 대하였다. 이상은은 이 소식을 듣고 매우 격앙하여 〈거듭 느낀 바 있어重有感〉 한 수를 썼다.

玉帳牙旗得上游,	옥 장막의 상아 깃발이 상류를 차지했으니
安危須共主分憂.	안위를 모름지기 임금과 함께 나누어 걱정해야 한다.
竇融13)表已來關右,	두융의 표가 이미 함곡관의 서쪽에 이르렀으니
陶侃軍宜次石頭14).	도간의 군대는 석두성에 주둔해야 마땅하다.
豈有蛟龍愁失水,	어찌 물을 잃을까 근심하는 교룡이 있을까마는
更無鷹隼與高秋.	높은 가을 하늘을 날아오를 매와 독수리가 전혀 없도다.
晝號夜哭兼幽顯,	주야로 통곡함은 산 사람 죽은 사람이 마찬가지니
早晚星關雪涕收.	언제쯤이면 천문天門에서 눈물을 닦아 거둘까.

....

13) 竇融(두융) : 동한 초기 양주목(涼州牧)에 재직했다. 광무제에게 상소를 올려 군벌을 토벌하라 청했다.
14) 陶侃(도간) : 동진의 장수. 형주자사(荊州刺史)에 재직했다. 소준(蘇峻)이 반란을 일으키자 그가 병사를 이끌고 석두성(石頭城, 지금의 남경시)으로 가서 소준을 죽였다.

시에서는 두융竇融과 도간陶侃을 빌어 유종간을 찬미하고 그가 황제와 함께 안위를 근심하고 조정이 하나됨을 지켜나갈 수 있기를 바라면서 정권이 남의 손으로 넘어간 것에 대한 애타는 심정을 드러내었다. 동시에 "교룡이 물을 잃을까 근심하게蛟龍失水"된 원인을 완곡하게 설명하면서 유종간이 가을 하늘을 높이 나는 "매와 독수리鷹隼"가 되어 구사량과 싸워 조정의 든든한 기둥이 될 것을 암시하였다. 마지막 두 구의 의미는 장안성 안의 사람과 귀신 모두 분에 차서 주야로 슬피 우니 언제야 환관의 난이 평정되어 눈물을 닦아낼 수 있을까라는 뜻이다. 절박한 감정이 시어 밖으로 넘쳐난다. 이 시의 풍격은 비장하며 경련과 미련에 반문구를 사용하여 특별히 힘이 드러나니 〈느낀 바 있어 2수有感二首〉의 속편이라 봐도 될 것이다.

이 시기의 이상은은 유사한 제제로 적지 않은 시를 썼다. 〈전 번우후가 재물을 탐하다 아들이 무고하게 죽게 되었으나 사실이 밝혀지지 않았는데 훗날 그 집에 찾아가다故番禺侯以贓罪致不辜事覺母者他日過其門〉, 〈오송역五松驛〉, 〈곡강지曲江〉 등이 있는데, 이들 작품과 〈느낀 바가 있어有感〉는 "감로지변"의 비장함을 반영하는 조가組歌라 하겠다.

〈전 번우후가 재물을 탐하다 아들이 무고하게 죽게 되었으나 사실이 밝혀지지 않았는데 훗날 그 집에 찾아가다故番禺侯以贓罪致不辜事覺母者他日過其門〉는 환관이 무고한 사람을 죽이고 공공연하게 약탈하는 강도짓을 폭로한 작품이다. 영남절도사嶺南節度使 겸 광주자사廣州刺史였던 호증胡證은 집안이 매우 부유하였고 가속賈餗과도 관계가 매우 밀접하였다. 환관들은 벌써부터 그의 재산에 군침을 삼키고 있었는데, "감로지변"때 호증은 이미 죽고 가속은 연루되어 피살되자, 환관은 호증의 아들 호은胡溵이 가속을 숨겨주었다고 모함하여 "하루 동안에 집안의 재산이 모두 없어졌다. 군인은 호은을 잡아 좌군에 집어넣고, 구사량은 그를 죽여 사람들이게 보이라고 명하였다.一日之內, 家財竝盡. 軍人執潑入左軍, 仇士良命斬之以徇"15) 이상은은 이 일에 대해 벌컥 화를 내며 어머니의 입을 빌어 "사람을 죽이면 마땅히 널리 알려야 할진대 누가 한나라의 법 3장을 치켜들 것인가?殺人須顯戮, 誰擧漢三章"라 물었다. 환관들이 공공연하게 법률을 무시하는 행위에 대하여 극도로 분개한 것이다.

"감로지변" 때문에 이상은은 정치형세에 대하여 더 깊이 있는 인식을 하게 되었으며, 당 왕조의 앞날과 운명에 대하여도 매우 근심하게 되었다. 이러한 짙은 감상적 정서는 〈곡강지曲江〉시 가운데 나타나 있다.

望斷平時翠輦過,	평상시 비취 수레 찾아오던 모습 볼 수 없고
空聞子夜鬼悲歌.	그저 한밤중에 귀신의 슬픈 노래 소리 들려오네.
金輿不返傾城色,	금수레에 탔던 미인들 돌아오지 않는데
玉殿猶分下苑波.	옥 궁전은 아직도 곡강의 물을 나누는구나.
死憶華亭聞唳鶴16),	죽으면서도 화정에서 학 우는 소리 듣던 일 떠올리고
老憂王室泣銅駝17).	늙어서도 왕실에서 구리 낙타가 울 일을 걱정했다.
天荒地變心雖折,	세상이 격변하여 마음 꺾인다 해도
若比傷春意未多.	봄을 아파하는 것에 비한다면 뜻이 깊지 않으리라.

곡강은 당대 장안에서 경치가 뛰어난 곳으로, 제왕과 귀족들이 잔치

....
15) ≪구당서(舊唐書)·호증전(胡證傳)≫ 참고.
16) 華亭聞唳鶴(화정문려학) : 진나라 육기가 참소로 주살되게 되자 죽기 전에 비탄에 젖어 이르기를 "화정의 학 울음소리를 어찌 다시 들을 수 있겠는가?"라 했다고 한다. 화정은 육기의 고택 인근의 이름으로, 지금의 상해시(上海市) 송강현(淞江縣) 서쪽이다.
17) 泣銅駝(읍동타) : 서진이 멸망하기 전에 색정(索靖)은 천하가 장차 어지러워질 것을 예감하고 낙양 궁문의 구리낙타를 가리키며 "네가 가시나무 속에 있는 꼴을 보겠구나!"라고 탄식했다고 한다.

를 벌이고 노닐던 장소였는데 안사安史의 난 후 나날이 황폐해져 갔다. 문종이 즉위하자 지난날 번화했던 모습을 회복시키고 싶어 곡강의 정관亭館을 다시 고치라고 명하였으나 "감로지변"이 발발하자 이 공정은 중지되었다. 이 시의 전반부는 울창한 숲, 스산한 곡강의 경색을 묘사하였다. 밤새 원망에 찬 귀신들의 슬픈 노래 소리, 졸졸 흐르는 물소리와 황량한 광야, 또 다시는 볼 수 없는 당시의 임금의 화려한 수레. 여기서 귀신의 비가와 아래의 화정華亭에서 우는 학은 모두 "감로지변"중 원통하게 피살된 조신들을 투영한다. 시의 후반부는 경치에서 감정으로 전환되면서 황실의 쇠퇴에 대한 슬픈 탄식을 이끌어낸다. "감로지변"의 비극은 그를 근심스럽고 슬프게 하지만, 당 왕실의 위태로움은 더욱 그의 마음을 아프게 했다. 시에서의 "봄을 아파하는 것傷春"은 실제로 당 왕조의 정치적 정세를 슬퍼한 것으로 심정이 매우 침통하다. 이상은이 보기에 문종이 환관을 없애려 한 것은 당 왕조의 몰락을 구하고자 한 것이었는데, 결과는 그 반대로 신하를 잃게 되었다. 물론 이런 시각 역시 어느 정도 한계가 있고 평면적임을 부인할 수 없다.

이상은의 "감로지변"과 만당 정국에 대한 견해는 영호초令狐楚의 영향을 일정 부분 받은데 기인한다. 이상은은 태원 막부를 떠난 후 정주鄭州와 장안사이를 왕래하였는데, 줄곧 영호초와 밀접한 관계를 유지하였다. 그는 영호초의 관점에서 조정 내부의 격렬한 투쟁의 정황을 이해하였다. 영호초는 비록 환관과 직접적으로 투쟁하지 않았지만, 그의 정치적 태도는 시종 분명했다. "감로지변"후 문종은 원래 그를 재상으로 임명하려 하였는데 영호초가 명을 받들어 조서의 초안을 작성할 때, 왕애와 가속 등이 억울하게 죽었다고 여기는 태도를 굽히지 않았기 때문에, 구사량 등의 반대에 부딪혔다. 다음해 상사절上巳節에 문종이 곡강정에 연회를 내렸는데, 영호초는 죽임을 당한 조신들의 시신이 아직 식지도 않았으므로 연회를 열지 말아야 한다고 여겨 병을 핑계로 나가지 않고 항의를 표시하였다. 얼마 후 그는 또 왕애 등의 유골을 수거해 묻어주자고 청해 환관에게 또 죄를 얻어 장안에서 배척되었다. 이상은의 "감로지변"에 대한 태도는 영호초와 일치함을 여기서 알 수 있다. 이상은은 당시 벼슬에 오르지 않았으므로 시가를 무기로 "흉악한 무리凶徒"를 토벌하자는 자기의 입장과 관점을 드러낼 수밖에 없었던 것이다.

5 〈서쪽 교외에 유숙하다行次西郊作一百韻〉

　　개성開成 원년(836) 4월, 영호초令狐楚는 흥원윤興元尹(흥원은 지금의 섬서성 한중시漢中市) 산남서도절도사山南西道節度使로 임명되었다. 그가 임명된 지 얼마 되지 않아 이상은에게 막부로 들어올 것을 요청하였다. 이상은은 개성 2년(837) 진사에 급제하여 제원濟源으로 돌아와 어머니를 돌보고 있었다. "어머니와의 정이 바야흐로 도타워져北堂之戀方深" 차마 곧장 헤어지지 못하고 특별히 영호초에게 편지를 드려 "중추가 오면 가겠다至中秋方遂專往"[1]고 약속하였다. 이상은이 초겨울 흥원에 갔을 때 영호초는 이미 중병을 앓고 있을 줄 아무도 몰랐다. 이상은은 바삐 그를 위해 〈팽양공을 위해 흥원에서 의원을 찾을 것을 청하는 글爲彭陽公興元請尋醫表〉, 〈팽양공을 대신하여 쓴 유표代彭陽公遺表〉 등의 글을 썼지만 이별 후의 정을 다 쓰기도 전에 영호초는 세상에 작별을 고했다. 영호초는 이상은의 정치 역정에 있어 가장 친근한 사람으로 사상과 예술적 성숙에도 매우 깊은 영향을 주었다. 특히 그는 이상은을 대담하게 발탁하

----

1) 〈영호상공께 올리는 장계 6(上令狐相公狀六)〉

여 보살폈고 다른 사람의 비방에도 동요하지 않았으므로 더욱 시인이 일생동안 잊지 못하였다. 이상은은 후에 영호초를 그리워하는 많은 시를 써서 자신의 감격을 펴내었다.

개성開成 2년 12월, 이상은은 영호초의 영구를 호송해 장안으로 돌아온다. 장안 서쪽 근교에 다다르면서 농촌의 피폐하고 쇠퇴한 모습을 직접 목도하였다. 해를 거듭하는 전란으로 농민들은 정처없이 떠돌았고, 생업도 심하게 파괴되었다. 황폐한 전원을 대하자 시인은 사회적 위기가 연상되었고 침통하고 슬픈 탄식을 하였다. 장안으로 간 후 그는 저명한 장편 정치시 〈서쪽 교외에 유숙하다行次西郊作一百韻〉를 썼다. 도입부에 시인은 매우 간결하고 세련된 필법으로 참담하여 차마 눈뜨고는 볼수 없는 유민의 실상을 그려내고 있다.

蛇年建丑月2),	뱀띠 해인 정사년 12월
我自梁還秦3).	나는 양주에서 장안으로 돌아왔다.
南下大散嶺4),	남쪽으로부터 대산관을 내려와
北濟渭之濱.	북쪽으로 위수의 물가를 건넜다.
草木半舒坼5),	초목은 반쯤 싹이 터
不類冰霜晨.	얼음서리 내린 아침 같지 않다.
又若夏苦熱,	또 여름날의 찌는 더위처럼
燋卷6)無芳津.	말라비틀어져 수분이 없다.
高田長櫟櫪7),	윗 밭에서는 떡갈나무와 상수리나무가 자라고

· ·

2) 蛇年(사년) : 개성(開成) 2년. 建丑月(건축월) : 12월을 가리킨다. 하력(夏曆, 지금의 음력)으로 인월(寅月)이 정월이다.
3) 梁(양) : 양주(梁州)에 속하는 흥원(興元)을 가리킨다. 秦(진) : 장안을 가리킨다.
4) 大散嶺(대산령) : 지금의 섬서성 보계현(寶鷄縣) 서남쪽에 있다.
5) 舒坼(서탁) : 풀이나 나무의 씨앗이 터져 발아하다.
6) 燋卷(초권) : 말라비틀어지다.
7) 櫟櫪(곡력) : 두 종류의 야생 나무.

下田長荊榛[8].	아래 밭에서는 가시나무와 개암나무가 자란다.
農具棄道旁,	농기구는 길가에 버려지고
飢牛死空墩[9].	굶주린 소는 빈 둔덕에 죽어 있다.
依依過村落,	머뭇거리며 촌락에 들러보니
十室無一存.	열 집에 하나도 남아 있지 않다.
存者皆面啼,	살아남은 사람은 모두 등을 돌리고 울고 있는데
無衣可迎賓.	손님을 맞이할 만한 옷도 없어서였다.
始若畏人問,	처음에는 남의 질문을 두려워하는 듯하더니
及門還具陳.	문에 들어서자 다시 자세히 들려준다.

말라버린 들풀, 흩어진 농구, 굶어 죽은 소를 통해 장안 서쪽 근교의 황량한 경물을 묘사하여 농민들 생활의 어려움을 부각시켰다. 경치에서 사물로, 사물에서 사람에게로 관심이 미치고 있다. "열 집에 하나도 남아 있지 않다.十室無一存", "살아남은 사람은 모두 등을 돌리고 울고 있다.存者皆面啼" 등은 당시 백성의 비참한 조우를 단적으로 보여준다.

이어서 시인은 한 농민의 입을 빌어 당왕조의 흥성과 쇠퇴를 추억하였는데, 그는 당 태종太宗 정관貞觀 때의 화평과 안정, 번영의 모습을 찬미하였다.

生兒不遠征,	아들 낳아도 멀리 떠나지 않았고
生女事四隣.	딸 낳으면 사방 이웃에 시집갔지요.
濁酒盈瓦缶[10],	막걸리가 항아리에 가득했고
爛穀堆荊囷[11].	썩힌 곡식이 가시나무 곳간에 쌓였답니다.
健兒疵旁婦,	건장한 사내들은 첩을 좋지 않게 보았고
衰翁舐[12]童孫.	노인들은 어린 손자들을 돌봤습니다.

8) 荊榛(형진) : 야생 나무.
9) 空墩(공돈) : 황폐한 둔덕.
10) 瓦缶(와부) : 질그릇으로 된 술그릇.
11) 荊囷(형균) : 가시나무로 만든 원형의 곡식 곳집.

당 왕조가 이렇게 약동하는 승평의 모습을 보일 수 있었던 까닭을 이상은은 "임명된 관리에 학식 높은 대신이 많았지요. 관례대로 현명한 지방관들은 불러들여 관리하는 직책을 맡겼습니다.命官多儒臣. 例以賢牧伯, 徵入司陶鈞"라 보았다. 당 현종玄宗 개원開元 때, 이임보李林甫는 현명한 지방관을 시기하여 변방의 장군을 중용重用하기 시작하자 안녹산安祿山 같은 "사납고 억센 무리猛毅輩"가 출현하여 중원의 백성을 도탄에 빠지게 하였다. 현종은 외척의 전권으로 날로 부패해가는 조정을 거들떠보지 않아 안녹산이 "손짓 눈짓으로 흰 해를 움직이고 따뜻함은 봄과 가을의 하늘을 돌려놓은指顧動白日, 暖熱回蒼旻" 지경으로 만들자, 이미 수습할 수 없게 되었다.

奚寇[13]西北來,	해족 도둑들이 서북쪽에서 왔을 때
揮霍[14]如天翻.	그 빠르기는 하늘이 뒤집어지는 듯 했지요.
是時正忘戰,	당시에는 바야흐로 전쟁을 잊고 지낼 때였고
重兵多在邊.	중무장한 군사는 대부분 변방에 있었답니다.
列城遶長河,	늘어선 성들 긴 황하를 두르고 있었는데
平明揷旗幡.	날 새자 다른 깃발이 꽂혔습니다.
但聞虜騎入,	그저 오랑캐 기마병 들어오는 소리 들릴 뿐
不見漢兵屯[15].	한나라 군사 지키는 것은 보이지 않았지요.
大婦抱兒哭,	나이 먹은 아낙은 아이를 안고 울고
小婦攀車轓[16].	젊은 아낙은 수레의 가림막을 더위잡았지요.
生小太平年,	어릴 때는 태평하던 시절이라

....

12) 舐(지) : 어루만지다.
13) 奚寇(해구) : 안녹산의 반란군을 가리킨다.
14) 揮霍(휘곽) : 동작이 빠른 모양.
15) 屯(둔) : 지키다.
16) 轓(번) : 수레 양옆에 바깥으로 접힌 부분. 모양이 귀처럼 생겨 흙을 막는 데 쓰인다.

不識夜閉門.	밤에 문 닫는 것도 몰랐지요.
少壯盡點行,	젊고 건장한 이는 죄다 끌려가고
疲老守空村.	노쇠한 이들만 빈 마을을 지켰습니다.
生分作死誓,	살아 헤어지면서 죽음의 맹세를 해야 하니
揮淚連秋雲.	눈물을 뿌려 가을 구름에 이어졌습니다.
廷臣例麞怯,	조정의 신하들은 노루처럼 겁을 먹고
諸將如羸奔.	여러 장수들은 양처럼 달아났습니다.
爲賊掃上陽,	적들을 위해 상양궁을 청소하거나
捉人送潼關.	사람들을 붙잡아 동관으로 보내기도 했습니다.
玉輦望南斗,	옥 수레는 남두성을 바라보며
未知何日旋.	언제 돌아올지 몰랐습니다.
誠知開闢久,	참으로 천지개벽이 오래 되어
遘此雲雷屯17).	이렇게 구름과 우레의 난리를 만난 것을 알았습니다.
逆者問鼎大,	반역한 자들은 세발솥의 크기를 물었고
存者要高官.	살아남은 자들은 고위 관직을 요구했습니다.
搶攘互間諜,	어지러이 서로 몰래 염탐하니
孰辨梟與鸞.	누가 올빼미와 난새를 구별하겠습니까?
千馬無返轡,	천 마리 말 가운데 돌아온 말이 없고
萬車無還轅.	만 대의 수레 가운데 돌아온 수레가 없었지요.
城空雀鼠死,	성은 비어 참새와 쥐도 죽고
人去豺狼喧.	사람이 떠나니 이리와 승냥이가 시끌벅적했습니다.

시인은 안사의 난의 경과를 서술하면서 강렬한 감정을 집어넣었다. 그는 당 왕조 관병官兵의 부패와 무능을 꾸짖으며 안사의 난이 터진 근본적 원인을 제시하였다. 임금에서 신하까지, 관리에서 병사까지 모두

· · · · · · · · · · · · · · · · · · · ·

17) 雲雷屯(운뢰둔) : 이 말은 ≪주역(周易)·둔≫의 "둔은 강함과 부드러움이 처음으로 교차함이니 쉽지 않은 시작이다.(屯, 剛柔始交而難生)"이라는 단사(彖辭)에서 나왔다. 여기서는 거대한 변란을 비유하는 말이다.

소문만 듣고도 도망가 버렸고 반군은 거침없이 쳐들어가 백성이 어려움을 겪었던 정경을 그린 듯이 묘사하였다. 시인은 또한 "어릴 때는 태평하던 시절이라 밤에 문 닫는 것도 몰랐지요.生小太平年, 不識夜閉門"라는 성세盛世와 "젊고 건장한 이는 죄다 끌려가고 노쇠한 이들만 빈 마을을 지켰습니다.少壯盡點行, 疲老守空村"라는 전란의 국면을 선명하게 대조시켜 전쟁이 백성들에게 주는 재난을 성토하였다. 또 초장왕楚莊王이 왕손王孫에게 구정九鼎의 무게를 묻는 전고를 사용하여 반역한 번진에게 제왕이 되고자 하는 야심이 있음을 비유하였다. 동시에 반군을 토벌하기 바라는 번진은 조정을 등에 업고 높은 벼슬과 후한 녹을 요구하여 결국 서로 배척하고 충신과 간신을 구별하기 어려운 지경을 지적하였다. 마지막으로 시인은 과장법을 이용하여 안사의 난 이후의 처참한 광경을 묘사하였다. "성은 비어 참새와 쥐도 죽고 사람이 떠나니 이리와 승냥이가 시끌벅적했습니다.城空雀鼠死, 人去豺狼喧"는 당 왕조 전에는 겪지 못한 정치 경제와 군사적 위기가 도래했음을 암시한다. 이뿐 아니라 시인은 긴 호흡으로 이런 위기를 구체적이고 심각하게 적어내려 간다. 토번吐藩이 하서河西를 점령하여 도처에서 번진이 할거하는 전장이 되어버렸고 당 왕조의 "천하통일一統天下"은 이미 유명무실하게 되었다. 이상은은 "왼쪽만 있고 오른쪽은 없는 셈이 되고有左無右邊" "힘 좋던 몸이 반신불수가 된筋體半瘻痹" 불구자를 비유로 삼아 숙종肅宗·대종代宗·덕종德宗·순종順宗·헌종憲宗·목종穆宗·경종敬宗에서 문종까지 8대에 이르러도 잃어버린 땅을 수복하지 못함을 애석하게 여겼다. "여러 성인께서 이런 치욕을 당하고도 마음에 담아둘 뿐 펼쳐 보이지 못했습니다. 신하들은 두 손을 모으고 서서 서로 조심하며 감히 앞장서지 않았지요.列聖蒙此恥, 含懷不能宣. 謀臣拱手立, 相戒無敢先" 여기서의 "여러 성인께서 이런 치욕을 당하고도列聖蒙恥"는 조소와 풍자를 담고 있다. 왜냐하면 조정의 집정자가 할거하는 번진에 무력했기 때문에 마침내 공주를 시집보내 잠시의 안정을 도모하는 지경에까지 이르렀기 때문이다. 개성開成 2년 6월, 문종은 강왕絳王 이오李悟의 딸 수안공주壽安公主를 조정과 군신관계를 유지한 성덕절도사成德節度使 왕원규王元逵에게 시집보냈다. 풀기 어려운 문제에 대하여 이런 어처구니없는 "안무정책安撫政策"을 펴낸 데에 이상은은 매우 불만을 품어 〈수안공주의 출가壽安公主出降〉라는 시를 써서 다음과 같이 풍자하였다. "사방 교외에 많은 성채가 있으니 이번 혼례는 때가 맞지 않은 듯싶다.四郊多壘在, 此禮恐無時" 번진이 도처에서 할거하는 데, 만약 그들 모두에게 공주를 시집보내어 그들을 진정시키고자 한다면, 이런 "혼례"는 행해져선 안 된다는 의미이다. 확실히 이러한 고식적인 방법은 주효하지 못하여 전세는 여전히 불안정하였으며 해를 거듭한 전란은 중원을 파괴하고 경제를 쇠퇴시켰으며 재원을 고갈시켜 조정의 수입은 거의 강남江南의 세금에만 의지하게 되었다. 백성들의 생활고는 참을 수 없는 지경이었으며 변방의 군사들은 의식衣食까지 부족하였지만, 상류층 귀족들의 사치와 낭비는 여전히 줄어들 줄 몰랐다. "정무를 보는 높다란 건물에서는 재상들이 산해진미에 물렸습니다.巍巍政事堂, 宰相厭八珍" 그들은 종일 배불리 먹고 국가를 근심치 않았으며 정치·경제·군사적인 위기에 대해서도 본척만척하여 "종기가 난 지 수십 년인데 그 뿌리를 도려내지 못하고 있습니다. 나라 살림이 쪼그라드니 세금은 한층 무거워지고 사람이 드물어지니 요역은 더욱 많아집니다.瘡疽幾十載, 不敢抉其根. 國蹙賦更重, 人稀役彌繁"는 지경까지 이르게 되었다. 이런 위기가 사방에서 일어나는 가운데 또 "감로지변"이 발생한 것이다. 장안성에는 "날카로운 칼이 그 머리를 자르니 돼지와 소 걸리듯 진열되었습니다.快刀斷其頭, 列若猪牛懸"와 같은 참상이 출현하였고, 장안長安·봉상鳳翔 일대에서도 유혈이 못을 이루며 시체가 들판에서 뒹굴고, 금군禁軍은 길을 가다 사기를 쳐 재물을 빼앗아 백성이 아이를 버리고 도망갈 정도로 못살게 굴었다.

夜半軍牒[18]來,	한밤중에 군중의 문서가 내려오더니
屯兵萬五千.	주둔한 군대가 만 오천 명이었습니다.
鄕里駭供億[19],	마을에서는 수요에 맞춰 공급할 것들에 놀라
老少相扳牽.	늙은이 젊은이가 서로 끌고 당기며 달아났습니다.
兒孫生未孩[20],	아이들은 태어나서 아직 웃지도 못하는데
棄之無慘顔.	그 아이를 버리면서도 슬픈 표정이 아니었지요.
不復議所適,	다시 가야 할 곳 따질 겨를도 없이
但欲死山間.	그저 산 속에서 죽고자 했습니다.

큰 도살이 갑자기 행해져 사람들은 놀라 어쩔 줄 모르며 순식간에 아직 웃지도 못하는 갓난아이를 버린다. 이는 성문에 불이 났는데 그 재앙이 못에 사는 물고기에까지 미친 격이다. 시인은 겉으로는 백성들의 공포를 썼지만 사실은 금군의 폭행에 대해 꾸짖고 있는 것이다. 이어서 그는 또 농민들의 반항과 통치계급의 잔혹한 진압을 서술하였다. 여기서 시인의 애증이 매우 선명하게 드러났는데, 그는 "도적盜賊"이라고 날조된 봉기한 농민에 대하여 깊은 동정을 표시하면서, "도적 잡는捕盜" "병사官健"가 진정으로 악한 도적이라고 분노하며 질책하였다. "병사가 허리에 칼을 차고 관리를 위한 순찰이라 말합니다. 황량하고 궁벽한 곳에서 마주칠까 늘 두려워하는 것은 이 자들이 또 사람을 쏘기 때문이지요.官健腰佩刀, 自言爲官巡. 常恐値荒逈, 此輩還射人" 시인은 농민의 입을 빌

---

18) 軍牒(군첩) : 군중의 문서. 당시 진군혁(陳君奕)이 금군을 몰아 봉상으로 나가는 것을 가리킨다.
19) 供億(공억) : 공급하다.
20) 孩(해) : '해(咳)'와 같다. 아이가 웃는다.

어 관군에 대하여 눈물로써 성토하였다. 마지막으로 시인은 다시 마음
속의 분노의 불길을 참지 못한다.

我聽此言罷,	나는 이 말이 끝날 때까지 들었고
宛憤如相焚.	원통함과 분함이 불타오르는 듯 했다.
昔聞擧一會[21],	옛날에 진나라에서 사회를 한번 기용했더니
群盜爲之奔.	도적떼가 그 때문에 달아났다는 말을 들었다.
又聞理與亂,	또 다스림과 어지러움은
繫人不繫天.	사람에 달렸지 하늘에 달린 것이 아니란 말도 들 었다.
我願爲此事,	나는 이 일을 알리기 위해
君前剖心肝.	임금 앞에서 심장과 간이라도 드러내고,
叩頭出鮮血,	머리를 찧어 선혈을 뿜어내
滂沱汚紫宸[22].	콸콸 자신전을 적시고 싶었다.
九重黯已隔,	그러나 구중궁궐은 어둠 속에 이미 멀어져
涕泗空沾脣.	눈물 콧물만 부질없이 입술을 적신다.
使典[23]作尙書,	아전이 장관이 되고
廝養[24]爲將軍.	환관이 장군이 된다.
愼勿道此言,	삼가 그런 말 하지 마시오
此言未忍聞.	그런 말은 차마 못 듣겠으니.

이 단락은 전체의 마지막 부분으로 시에서 유일한 의론議論이기도 하

....

21) 會(회) : 춘추시기 진(晉)나라 대부 사회(士會). ≪좌전·선공16년≫에 따르면
    진 경공(景公)은 사회에 명하여 "중군이 되게 하였고 또 태부도 겸하게 하였
    다. 그러자 진나라의 도적이 진나라로 도망가 버렸다.(爲中軍, 且爲大傅, 于是
    晉國之盜逃奔于秦)"라 하였다.
22) 紫宸(자신) : 황제가 정무를 보는 곳.
23) 使典(사전) : 문서를 관리하는 하급 관리. 尙書(상서) : 당대 중앙정부에서 행
    정을 총괄하는 각부 장관.
24) 廝養(시양) : 잡일을 하는 하인. 여기서는 환관을 가리킨다.

다. 시인은 자신의 정국에 대한 시각을 천명하였는데, 그의 일관된 정치 주장이기도 하다. 즉, 반드시 현명한 인재를 등용하여 나라를 다스려야 한다는 것이다. 이 정치이상을 실현하기 위해 그는 "임금 앞에서 심장과 간이라도 드러내고, 머리를 찧어 선혈을 뿜어내君前剖心肝, 叩頭出鮮血"기 원하면서도, 또 다른 한편으로는 그 역시 이미 자신과 조정이 서로 너무 멀리 떨어져 있어 당 왕조가 몰락하려하고 앞길이 암담함을 인식하였다. "구중궁궐은 어둠 속에 이미 멀어져 눈물 콧물만 부질없이 입술을 적신다.九重黯已隔, 涕泗空霑脣"며 자신의 노력도 헛된 것이라 하였다. 시가 고조되다가 갑자기 멈춰 독자에게 먹먹한 느낌을 준다.

이상은의 이 시는 사상적으로나 작풍 면, 창작 기교에 있어서 두보杜甫의 영향을 깊이 받았다. 이 시는 두보의 "삼리三吏" "삼별三別"25) 특히 〈북정北征〉을 계승하여 발전시킨 것이라 할 수 있다. 이상은은 시에서 흥성에서 쇠퇴로 이르는 당대의 사회 정치적 변모에 대하여 구체적이면서도 전면적으로 개괄하였다. 특히 변방지대의 변란의 장기화와 이에 대한 속수무책, 번진의 할거와 빈번하게 일어나는 반란, 외척과 환관의 직권남용과 전권, 통치 집단의 사치와 음란 및 나날이 가중되는 과세, 백성의 극단적인 빈곤 등의 현상과 같은 당 왕조의 부패한 정치 현실들에 대하여 체계적이고도 심각한 폭로를 하였다. 또 이런 모순이 생겨서 심각해지는 것은 "사람에 달렸지 하늘에 달린 것이 아니다.繫人不繫天"는 것을 날카롭게 지적하였다. 비록 그가 그의 계급적 한계성을 벗어날 수 없어서 성군聖君과 현명한 재상에 희망을 걸었지만, 이 역시 그의 정직

....

25) 【역자주】두보의 "삼리(三吏)" "삼별(三別)"은 전쟁의 비참한 상황을 묘사한 대표적인 작품으로, 삼리는 〈신안리(新安吏)〉, 〈석호리(石壕吏)〉, 〈동관리(潼關吏)〉를, 삼별은 〈신혼별(新婚別)〉, 〈무가별(無家別)〉, 〈수로별(垂老別)〉을 이른다.

함과 선량함을 설명해주는 것이고 그 시대에서 백성의 질고를 동정하는 지식인의 의지와 바람을 대표한다 하겠다.

〈서쪽 교외에 유숙하다行次西郊作一百韻〉는 만당의 극히 드문 장편거작으로 전체 당시의 역사 중에서도 희귀한 예이다. 이 작품이 성공을 거둔 이유는 작자가 모든 격정을 쏟아 부었던 것 외에도 뛰어나고 심오한 예술수법을 잘 운용했기 때문일 것이다. 200구에 달하는 시에서 놀랄만한 과장이나, 신기한 상상을 쓰거나 전고를 쌓아놓거나 시구를 지나치게 조탁한 곳은 찾아보기 어렵다. 도리어 이상은의 다른 시에 일관되게 보여 왔던 아름답고 고운 풍격과 달리 침울하면서도 세련됨과 박력이 드러난다. 비록 이 시가 기세 측면에서 〈북정北征〉만큼 파란만장하고 장활하며 감정이 기복이 있고 곡절하지는 못하나, 폭넓은 내용과 강렬한 감정 면에서는 독특한 특징이 있다. 서술과 의론을 함께 쓰면서도 언어는 간단하고 세련되면서도 질박하고 환경이나 인물 묘사, 작자의 의론 모두 매우 자연스럽고 생동적이다. 이상은이 이 고체시古體詩를 쓸 때 성실하게 공을 들였음을 짐작할 수 있겠다. 따라서 이 시는 이상은의 뛰어난 대표작이다.

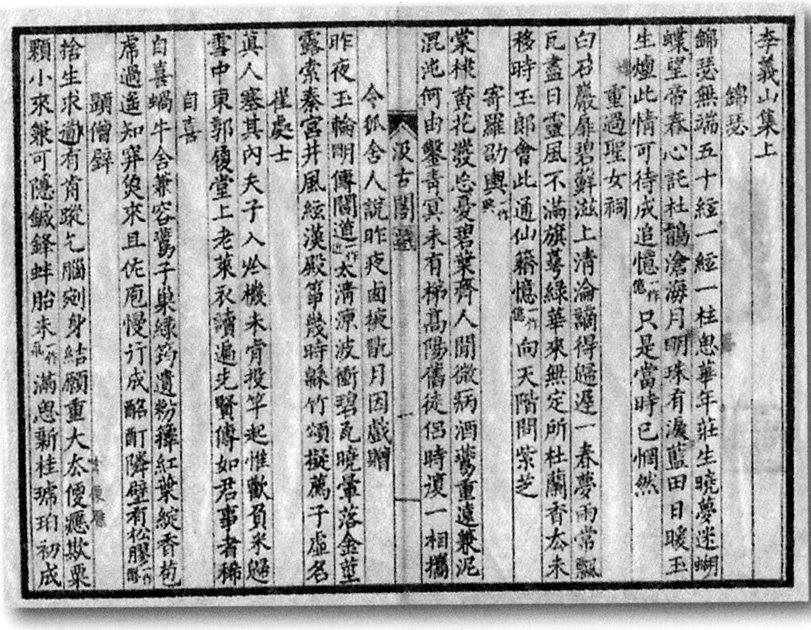

李義山集上

錦瑟

錦瑟無端五十絃一絃一柱思華年莊生曉夢迷蝴
蝶望帝春心託杜鵑滄海月明珠有淚藍田日暖玉
生煙此情可待成追憶憶一作只是當時已惘然

重過聖女祠

白石巖扉碧蘚滋上清淪謫得歸遲一春夢雨常飄
瓦盡日靈風不滿旗萼綠華來無定所杜蘭香去未
移時玉郎會此通仙籍憶一作向天階問紫芝

寄羅劭興一作與

棠棣黃花發忘憂碧葉齊人閒微病酒燕重遠兼泥
混沌何由鑿青冥未有梯高陽舊徒侶時復一相攜

汲古閣

令狐舍人說昨夜西掖翫月因戲贈

昨夜玉輪明傳聞道一作近太清涼波銜碧瓦曉暈落金莖
露索秦宮井風絃漢殿箏幾時綿竹頌擬薦子虛名

崔處士

真人塞其內夫子入於機未肯投竿起惟歡負米歸
雪中東郭履堂上老萊衣讀遍先賢傳如君事者稀

自喜

自喜蝸牛舍兼容燕子巢綠筠遺粉籜紅藥綻香苞
虎過遙知穽魚來且佐庖慢行成酩酊鄰壁有松醪一作醪

題僧壁

捨生求道有前蹤乞腦剜身結願重大去便應欺粟
顆小來兼可隱鍼鋒蚌胎未滿一作未思新桂琥珀初成

그림 2_이의산집李義山集

6 경원涇原에서

개성開成 3년(838), 이상은은 경원涇原(지방 정부는 지금의 감숙성 경천현涇川縣 북쪽에 위치) 절도사 왕무원王茂元의 부름을 받아 경원 막부에 들어갔다. 왕무원은 젊을 때 교서랑校書郎·태자찬선대부太子贊善大夫 등의 문관을 지냈으며 후에는 부친 왕서요王栖曜를 따라 전투에 참여하여 탁월한 무관으로서의 재능을 보였다. 동도방어판관東都防御判官에 부임해서는 유수留守 여원응呂元膺을 도와 이사도李師道가 책동한 반란을 평정하였다. 이때 전공이 혁혁하여 광주廣州 자사 겸 영남嶺南 절도사로 승진되었다. 왕무원은 평소 환관의 전횡과 번진藩鎭의 할거에 반대했으므로 "감로지변甘露之變"후 "집안의 재물을 다 털어 양군兩軍에 바침으로 써罄家財以賂兩軍"[1] 화를 면한 채 경주涇州로 전임되었다.

이상은이 왕무원의 막부에 들어갔을 때 같은 해에 진사에 급제한 한첨韓瞻은 이미 왕무원의 사위였다. 후에 이상은도 왕무원의 다른 딸을 사랑하게 되고, 왕무원도 이상은의 재능을 충분히 인정하여 얼마 후 곧

. . . .

1) ≪구당서(舊唐書)·왕무원전(王茂元傳)≫

결혼이 이루어졌다. 이상은은 〈한첨의 새 집에서 서쪽에서 아내를 맞이하러 떠나는 그를 전송하며 장난삼아 지어주다韓同年新居餞韓西迎家室戲贈〉시에서 한첨과 "단번에 명성을 얻은 나는 공연히 앞자리를 차지했을 뿐, 천 명의 기병 가운데 그대가 도리어 맨앞에 있네.—名我漫居先甲, 千騎君飜在上頭"라 우스갯소리를 하였다. 말하자면 진사급제의 순위에서는 자신이 한첨보다 위인데 사위로 선택된 것은 오히려 뒤졌다는 뜻이다. 뒷 구절은 악부시 〈맥상상陌上桑〉의 "동쪽의 천여 명 기병 중에 사윗감이 제일 앞서 있다네東方千餘騎, 夫婿居上頭"라는 시구를 원용한 것으로 미묘한 운치가 넘친다.

이상은의 결혼 생활은 매우 즐거웠다. 부인 왕씨는 온유하고 어질었으며 부부간의 애정이 깊고 두터운데다 왕무원의 보살핌까지 더하여, 지난 몇 년에 비하면 생활이 훨씬 안정되었다. 그러나 이 혼사가 그를 정치투쟁의 소용돌이에 휘말리게 할 줄은 전혀 생각지 못했을 것이다.

중당이후 조정 관료집단간의 파벌싸움은 고조에 달하고 있었다. 우승유牛僧孺를 영수로 한 "우당牛黨"과 이덕유李德裕를 영수로 한 "이당李黨", 두 당파의 주요인물이 교대로 집정하면서 심하게 파벌을 이루었다. 대다수 관리의 승진이나 파면도 모두 그들의 종속관계에 따라 결정되었다. 영호도令狐綯는 우당의 주요인물이며 왕무원은 당시 이당으로 간주되었다. 이상은은 초기에 영호초의 인정을 받았으므로 비록 당쟁에는 전혀 참가하지 않았다 하더라도 이미 우당으로 인식되었다. 개성 연간에 이상은이 경원막부로 들어가 왕씨와 혼인하자 어떤 사람들은 "집안의 은혜를 배반했다背家恩" "다른 당에 의탁했다投異黨" "간사하고 경박하여 품행이 바르지 못하다詭薄無行" "이익을 위해 구차하게 결합하였다放利偸合"[2] 등등으로 그를 비방하였다. 사실 이러한 질책은 불공평한 것이다. 영호초가 세상을 떠난 후 이상은은 막료생활을 계속하여 생계를 유지했을 뿐 전혀 다른 출로가 없었다. 하물며 왕무원의 사위가 된 뒤에도 혼인관계를 이용하여 권부에 아부하고 승진을 구한 적이 없었다. 그는 오히려 늘 영호초의 은혜를 기억하였다. 이덕유는 회창會昌 연간에 공로가 많았던 어진 재상이다. 이상은은 수많은 정의감 있는 지식인이 그렇듯이 이덕유의 정치적 주장을 옹호하였으며 선종宣宗이 즉위한 뒤 이덕유가 폄적을 당한 일을 매우 동정하였다. 그러나 그는 이덕유와 접촉했던 적은 전혀 없으며 사적인 교분이야 말할 나위도 없었다. 따라서 이상은의 품행을 의심하는 것은 전혀 근거 없는 일이다. 그러나 우당·이당간의 당쟁은 시인의 전도에 실제로 영향을 미쳤으며 이상은은 이 때문에 온갖 고초를 다 겪었다.

개성 3년(838), 이상은은 경주에서 장안으로 올라가 박학굉사과博學宏詞科에 응시하였다. 성적이 우수하여 시험관인 주지周墀와 이회李回가 모두 그의 문재文才를 칭찬하면서 합격시켰다. 그러나 이부吏部에서 중서성中書省에 관료 선임을 보고하자 중서성에서는 오히려 "이 사람은 해낼 수 없다此人不堪"는 이유를 들어 이상은의 이름을 지워버렸다.[3] 이상은은 우당의 일파가 중간에서 훼방 놓았음을 알았으나 또한 해명하기가 너무 어려웠다. 이에 〈즉흥시 3수漫成三首〉를 지어 편치 않은 마음을 토로하였다.

沈約憐何遜,	심약은 하손을 아껴주었지만
延年毁謝莊.	안연지는 사장을 비방했네.
淸新俱有得,	청신함은 모두 얻은 바이거늘
名譽底相傷.	명예를 어찌 서로 중상하는가.

- 두 번째

....

2) 두 당서의 〈이상은전(李商隱傳)〉 참고.
3) 〈도진사에게 주는 편지(與陶進士書)〉

霧夕詠芙蕖,	안개 낀 저녁에 연꽃을 읊은 것은
何郞得意初.	하손이 득의했던 젊었을 때였네.
此時誰最賞,	이 당시엔 누가 가장 칭찬해주었던가
沈范兩尙書.	심약과 범운 두 상서였지.

- 세 번째

심약沈約과 하손何遜은 모두 남조南朝 양대梁代의 대시인이다. 연년延年은 안연지顔延之를 가리키며, 사장謝莊과 더불어 남조 송대宋代의 문학가이다. 이상은은 시에서 자신을 하손에 비유하고 하손의 재능을 인정해주었던 심약과 범운范雲을 시험관 주지와 이회에 비유하였다. 안연지가 사장을 비방한 전고를 통해 우당이 이색분자를 배척한 일을 지적하고 분개의 심정을 표현하였다. 당시 그의 아내 왕씨는 편지를 써서 남편을 위로하였는데 이에 이상은은 〈무제〉시를 지었다.

照梁初有情,	들보를 비추는 듯 처음에는 정겨웠고,
出水舊知名.	물에서 나온 연꽃처럼 벌써 이름 알고 있었지.
裙衩芙蓉小,	치마에 수놓인 연꽃들 자그마하고,
釵茸翡翠輕.	비녀의 비취새 날렵하여라.
錦長書鄭重,	비단에 쓴 긴 편지 은근도 하고
眉細恨分明.	가는 눈썹에 어린 한 분명도 하다.
莫近彈碁4)局,	바둑판 가까이 하지 마소,
中心最不平.	바둑판 중심이 제일 평평치 못하니.

시인의 묘사를 통해 부인 왕씨가 아름다운 용모를 가졌으며 좋고 싫음이 분명한 훌륭한 성품을 지니고 있었음을 알 수 있다. 그녀는 남편에게 우당의 소인배들에게 아첨하고 가까이하지 말라고 충고하는, 꼿꼿한

....

4) 彈碁(탄기) : 한위(漢魏)시기의 일종의 바둑놀이. 여기서는 관료간의 당쟁을 비유한다.

기개를 보이고 있다.

다시 경원으로 돌아왔을 때 이상은은 심히 사기가 떨어져 있었으므로 화단에서 비바람에 떨어진 모란꽃을 보자 가슴가득 상념이 일어났다.

> 浪笑榴花不及春,　공연히 석류꽃이 봄에도 피지 못함을 비웃다가
> 先期零落更愁人.　먼저 떨어지니 더욱 근심을 자아내네.
> 玉盤迸淚傷心數,　옥쟁반에 솟구치는 눈물에 마음 아프길 수차례
> 錦瑟驚絃破夢頻.　비단 비파의 깜짝 놀랄 현 소리에 꿈에서 깰 여
> 　　　　　　　　러 번.
>
> 萬里重陰非舊圃,　만 리에 구름만 가득하니 옛 남새밭이 아니고
> 一年生意屬流塵.　일 년의 생기가 날리는 흙먼지가 되고 말았네.
> 前溪舞罷君廻顧,　전계에 춤이 끝난 후에 그대 돌아보시라
> 倂覺今朝粉態新.　오늘 아침의 자태가 신선하다 느껴지기까지 할
> 　　　　　　　　터이니.

- <회중의 모란이 비를 맞아 떨어지다 2수回中5)牡丹爲雨所敗二首>
중 두 번째6)

이 시는 전체적으로 상징수법과 기탁으로 감회를 읊는 방식을 써서 자신의 불행한 운명을 탄식하였다. 모란이 비바람을 만나 일찍 떨어져, 늦게 핀 석류꽃보다 더 비참해졌음을 묘사하였다. 아울러 눈앞의 상황은 여전히 만 리에 구름이 겹친 것 같은 열악한 환경이며, 미래의 운명은 더더욱 불길하다고 예측하였다. 시 전체에 깔린 어두운 색채는, 시인이 정치적으로 깊은 타격을 받았으며 자신의 앞날에 대해 깊이 걱정하고 있음을 암시한다.

이번 과거실패의 타격은 너무 커서 이상은은 오랫동안 평정을 찾을

• •

5) 回中(회중) : 경주(涇州) 부근에 있다. 진나라 때 이곳에 회중궁을 지어 이름 붙인 것이다. 여기서는 경주를 가리킨다.
6)【역자주】원본에는 첫 번째라 되어 있으나 두 번째가 맞음으로 수정하였다.

수 없었다. 그러나 결코 자신의 포부를 잊어버리지 않았다. 어느 날 성
곽에 올라가서 멀리 바라보며 경치를 대하며 일어나는 정감을 금치 못
하고 웅장하고 힘찬 칠언율시 〈안정성의 누각安定城樓〉을 지었다.

迢遞高城百尺樓, 까마득히 높은 성의 백 척 누각
綠楊枝外盡汀洲. 푸른 버들가지 밖으로는 죄다 물가 평지와 모래톱.
賈生年少虛垂涕, 가의는 젊은 나이에 헛되이 눈물 흘리고
王粲春來更遠遊. 왕찬은 봄이 왔어도 다시금 먼 곳을 떠돌았지.
永憶江湖歸白髮, 언제나 강호로 백발 되어 돌아가려다 생각했지만
欲廻天地入扁舟. 천지를 돌려놓고 나서야 조각배에 오르고 싶었다.
不知腐鼠成滋味, 썩은 쥐가 무슨 맛이 있다고
猜意鵷雛竟未休. 원추에 대한 시기가 끝내 그치지 않는다.

안정安定은 바로 경주涇州이다. 이 시는 높이 올라가 빼어난 경치를
멀리 바라보는 것에서부터 쓰기 시작하였는데, 이러한 경치는 오히려
이상은에게 끝없는 슬픔을 주고 있다. 그는 자신의 운명은 가의賈誼와
같아 헛되이 나라에 보답할 장대한 뜻을 품고 있으며, 또한 처지는 왕찬
王粲과 같아 사방을 떠돌아다니다가 끝내 뜻을 이루지 못할 것이라고
여겼다. 그러나 시인은 여전히 원대한 포부를 가득 품고 장렬한 사업을
이룩하기를 희망하였다. "언제나 강호로 백발 되어 돌아가려다 생각했
지만 천지를 돌려놓고 나서야 조각배에 오르고 싶었다.永憶江湖歸白髮, 欲
廻天地入扁舟" 그는 춘추春秋시대 월越나라 범려范蠡가 월왕 구천勾踐을 도
와 오왕吳王 부차夫差를 격파하고, 공을 이룬 뒤에 자신은 물러났던 고사
를 빌어 당 왕조를 위기로부터 구하고 천지를 제대로 돌려놓고자 하는
자신의 이상을 표현하였다. 이 연은 왕안석王安石이 "비록 두보라 할지
라도 능가하지 못할雖老杜無以過" 훌륭한 구절이라고 칭찬한 바 있다. 단
지 대구가 자연스럽고 정교하기 때문만은 아니다. 이러한 씩씩하고 웅

장한 뜻이 왕안석의 개혁사상과 상통한다는 점이 더욱 중요하다. 미련에는 ≪장자莊子≫의 우언寓言을 사용하여 다른 사람들을 의심하고 시기하는 당쟁꾼들을 풍자하고 질책하였다. ≪장자≫〈추수秋水〉편의 기록에 의하면 장자의 친구 혜시惠施가 양梁나라에서 재상을 지낼 때 장자가 그를 만나보러 갔다. 어떤 사람이 혜시에게 "장자가 당신의 재상지위를 대신하고 싶어 한다네."라고 말하였다. 혜시는 너무나 놀라서 사람을 시켜 사방으로 장자를 조사하였다. 장자는 대담하게 혜시를 찾아가서 말했다. "남쪽에 원추鵷雛라는 새가 있는데 남해에서 북해로 날아다닌다오. 이 새는 대나무 열매를 먹고 감천수를 마시며 오동나무에 깃들지. 어떤 부엉이가 마침 입에 죽은 쥐를 물고 원추새가 날아가는 것을 보았소. 그는 자신의 먹이를 빼앗길까 두려워 서둘러 싸울 태세를 갖추었는데, 오늘 그대는 어찌하여 부엉이의 꼴을 배우고 있는가?" 여기에서 이상은은 원추새(봉황의 일종)를 자신에 비유하여 자신의 원대한 이상과 고결한 품격을 충분히 표현하였다. 한편 부엉이로 당쟁꾼들을 비유하여 그들의 비열한 심리상태를 형상적으로 묘사하여 시인이 그들을 얼마나 극단적으로 멸시하는지 드러내었다. 이 시를 〈회중의 모란이 비를 맞아 떨어지다回中牧丹爲風雨所敗〉시와 비교하면 시인이 중서성의 충격에서 한 걸음 발전된 인식을 지니게 되었음을 알 수 있다. 강렬한 성취욕과 원대한 정치적 포부는 고통과 비애를 견뎌내며 투쟁성이 더해졌던 것이다.

경주에서 지낸 1년간 이상은은 항상 동쪽으로 장안을 바라보면서 언젠가는 종묘사직과 억조창생을 위해 미력하나마 온힘을 다할 수 있기를 간절히 소망하였다. 그는 처자를 데리고 비교적 편안한 생활을 보냈으나 집안의 즐거움은 결코 시인에게 위안이 되지 못했다. 그의 억제할 수 없는 초조함과 조급한 마음이 항상 붓끝에 드러났다.

東南一望日中烏,	동남쪽으로 한번 해를 바라보노라니
欲逐羲和[7]去得無.	희화를 따라가면 떠나볼 수 있을까?
且向秦樓棠樹下,	잠시 진루의 팥배나무 아래에서
每朝先覓照羅敷[8].	매일 아침 먼저 나부를 찾아 비춰주어야지.

- <동남쪽東南>

이러한 생활을 얼마나 더해야 할까? 이상은 자신도 알 수 없었다. 그럼에도 불구하고 그는 여전히 희망으로 충만하여, 태양신 "희화羲和"가 오기를 끈기 있게 기다렸다.

· · · · · · · · · · · · · · · · · · · ·

7) 羲和(희화) : 고대 신화에 나오는 태양을 실은 수레를 끄는 신.
8) 羅敷(나부) : 고악부 〈맥상상(陌上桑)〉의 여주인공의 이름. 후대에 미모와 굳센 정절을 지닌 여인에 쓰임.

7 두 번 비서성秘書省에 들어가다

    문종文宗 개성開成 4년 봄에 이상은은 다시 장안에 가서 이부시吏部試를 통해 마침내 비서성秘書省에 들어가 9품 관직인 교서랑校書郎에 임명되었다. 교서랑은 품계가 낮지만 청귀淸貴한 자리라 수많은 진사출신의 재상과 대신들이 모두 이 과정을 거쳐 승진하였다. 이상은도 당연히 이 관직에 대해 만족하였으나, 애석하게도 그는 이 직위에 몇 개월밖에 머물지 못했고 바로 홍농弘農 현위縣尉로 전근되었다.

    당대唐代 관가에서는 중앙관직을 중시하고 지방관직을 경시하는 풍습이 있었다. 수도를 떠나는 것은 설사 승진이라 하더라도 총애를 잃었다는 표시이다. 하물며 현위란 현령縣令 수하의 사법잡무관司法雜務官일 뿐이므로 많은 선비들은 이 직책을 맡고 싶어 하지 않았다. 이상은은 겉으로는 "거듭 조주曹主(분과 사무소의 책임자)께 여쭈어 괵虢(지방정부는 홍농弘農에 위치)의 현위縣尉되기를 구하였으니 실은 어머니께서 연세가 많고 근처에 산과 물이 있는 곳을 좋아하셨기 때문이다.尋復啓與曹主求尉于虢, 實以太夫人年高, 樂近地有山水者"[1]라 말하여 마치 홍농현위 전근이 자신의 요청에 의한 것인 양 애써 가장하였지만 막상 장안을 떠날 때에는

〈설암빈과 이별하며別薛嚴賓〉 시를 지었다. 그 중의 "다시 양 소매에 눈물 흘리며 함께 창의 등불을 향한다. 계수나무로 진짜 은거를 저버렸으니 운향은 작은 징벌.還將兩袖淚, 同向一窓燈. 桂樹乖眞隱, 芸香是小懲"이라는 구절이 있다. "계수나무桂樹"는 진사급제를 가리키고 "운향芸香"은 운대芸臺, 즉 비서성을 가리킨다. 당나라 사람들은 관직이 강등되는 것을 통상 "작은 징벌小懲"이라 불렀는데 이상은이 홍농위 전근을 일종의 관직강등으로 보았으니 이는 스스로의 요청에 의한 것일 수 없음이 분명하다.

유명한 칠언율시 〈꾀꼬리流鶯〉는 아마도 바로 이시기에 시인이 자신의 감회를 외물에 기탁하여 쓴 자기묘사작품일 것이다.

流鶯漂蕩復參差,	꾀꼬리가 정처 없이 떠돌며 들쭉날쭉
渡陌臨流不自持.	밭둑을 건넜다 물가에 갔다 우왕좌왕.
巧囀豈能無本意,	교묘한 울음 속에 어찌 본뜻이 없겠는가만
良辰未必有佳期.	좋은 시절이라고 꼭 아름다운 기약이 있지는 않은 법.
風朝露夜陰晴裏,	바람 부는 아침 서리 내리는 밤 흐리고 갠 날에도 울지만
萬戶千門開閉時.	집집마다 문을 열었다가도 닫기도 하네.
曾苦傷春不思聽,	봄을 아파하며 괴로워하였으나 들으려 하지 않으니
鳳城何處有花枝.	봉성 어디쯤에 꽃가지가 있을까?

작자는 자신을 꾀꼬리에 비유하여 수년간의 고심과 노력으로 자신의 포부를 한번 펼쳐 보일 수 있기를 갈망한다고 설명하였다. 비서성에 들어간 것은 좋은 기회를 만났다고 말할 수 있으나 다시 배제되었으니 "봄을 아파하는傷春" 고통을 맛본 시인은 비통하게 외친다. 장안이 비록 넓으나 내 디딜 자리 없어라! 시 전체에 상징수법을 써서 시인의 처지와

....
1) 〈도진사에게 주는 편지(與陶進士書)〉

심정을 꾀꼬리의 특징묘사를 통해 암시하고 있어 생동적이면서도 함축적이고 깊이가 있다.

장안을 떠나 괵주虢州 홍농위로 부임할 때 이상은의 기분은 매우 의기소침하였는데 가는 도중 또 칠언절구 한 수를 지었다.

> 壓河連華勢孱顔[2],　　황하에 다가가 화산과 이어지는 그 기세 험준하여
> 鳥沒雲歸一望間.　　새 사라지고 구름 돌아오는 것이 한번 바라보는
> 　　　　　　　　　　사이다.
> 楊僕移關三百里,　　양복이 삼백 리나 관문을 옮긴 것이
> 可能全是爲荊山.　　어찌 전부 형산 때문이었겠는가?

- <형산荊山>

형산荊山은 지금의 하남성 영보시靈寶市 문향閿鄕 남쪽에 있다. ≪한서漢書·무제기武帝紀≫의 기록에 의하면 혁혁한 전공을 세운 누선장군樓船將軍 양복楊僕은 관문關門 밖의 신하가 되고 싶지 않아 글을 올려 함곡관函谷關을 옮길 것을 청하였다. 이에 무제의 허락을 얻어 함곡관을 신안新安으로 옮겼다. 원래 함곡관이 있던 곳이 홍농현이 되었고 끝없이 기복이 심한 형산도 이때부터 관내關內로 들어오게 되었다. 이상은은 시에서 형산의 높고 험준한 기세를 묘사하는 데 주력하였으며 양복이 함곡관을 옮긴 전고를 써서 형산 일대의 적막하고 호젓한 모습을 강조하였다. 이로써 홍농에 살게 된 부끄러움을 우회적으로 반영하였다.

홍농현위에 부임해서 시인은 "상관을 뵈올 때에는 마음이 부서지는 듯하며 백성을 채찍질할 때엔 마음 슬퍼지네.拜迎官長心欲碎, 鞭撻黎庶令人悲"[3]의 참맛을 깊이 체험하였다. 그는 핍박받고 학대받는 백성들을 늘

---

2) 孱顔(잔안) : 산이 가파른 모양.
3) 고적(高適), 〈봉구에서 짓다(封丘作)〉

직접 목도하였으나 자신은 그들의 고통을 해결해줄 힘이 없었으므로 마음이 항상 불편하였다. 한번은 어떤 억울한 누명을 쓴 범인에게 형벌을 경감해주기 위해 상사이자 섬괵陝虢의 관찰사인 손간孫簡과 충돌한 적이 있었다. 그는 굴욕을 견디지 못하고 장기휴가를 고하는 형식으로 사직을 청하였다.

黃昏封印點刑徒,	날 저물면 관인을 봉하고 죄수를 점검하니
愧負荊山入座隅.	자리 옆으로 비쳐드는 형산을 저버린 것 부끄럽다.
却羨卞和雙刖足,	오히려 변화가 두 다리 잘린 것 부러워라
一生無復沒階趨.	일생 동안 다시는 섬돌을 다 내려와 뛰지 않았으니.

- <홍농현위에 부임하여 괵주자사에게 휴가를 청해 서울로 돌아가는 글을 바치다任弘農尉獻州刺史乞假歸京>

이 시의 구성은 매우 참신하다. 첫 구는 시인이 황급히 공무公務를 정리한 후 분연憤然히 떠나가는 상황을 간단하게 개괄하였다. 뒤이은 세 구는 모두 평범한 삶과 비천한 처지에 대한 불만을 털어놓고 있다. 한 층 한 층 차례로 진입하며 기탁한 뜻을 심화시켰다. 춘추시대의 변화卞和는 초왕楚王에게 두 번이나 옥돌을 바쳤으나 모두 돌로 오해받았으며 초楚의 여왕厲王과 무왕武王은 잇달아 변화의 두 발을 잘라버렸다고 전해진다. 이는 역사적으로 유명한 비극이나, 이상은은 그 주제를 역으로 이용하였다. 자신은 차라리 변화처럼 두 발을 잃어버리고 싶다고 말한다. 그렇게 되면 계단 앞에서 무릎 꿇어 절하거나 상사를 받들어 모시는 일에서 영원히 벗어날 수 있기 때문이다. 비장한 시어를 써서 외지에 파견된 관리의 통한을 숨김없이 토로하였다.

그해 8월에 조정에서는 손간孫簡 대신 요합姚合을 섬괵관찰사陝虢觀察使에 임명하였다. 요합은 시인으로 유우석劉禹錫·백거이白居易·영호초令狐楚 등과의 교분도 매우 깊었다. 그는 부임해오자마자 곧 이상은에게 돌아와 직무를 계속 수행해 달라고 요청하였다. 이상은은 체면에 거리꼈으나 하는 수 없이 홍농으로 다시 돌아왔다. 그러나 현위의 직무는 결국 이상은에게 혐오를 느끼게 하였다. 그는 〈화주 주시랑에게 드리는 장계上華州周侍郞狀〉에서 "저는 본바탕보다 꾸미지 못하고 영리함이 명청함의 반에도 미치지 못합니다. 과거에 급제하고자 온 힘을 다했으며 구품관직을 수행하고자 부지런히 노력하였습니다. 그러나 상소를 올려 간신배를 지적할 때면 멀리 남창위 매복에게 부끄러웠으며, 몽둥이를 들고 위엄을 보일 때면 가까이 북부위 조조에게 창피하였습니다.某文非勝質, 黜不半痴. 辛勤一名, 契闊九品. 獻書指佞, 遠愧南昌[4]; 懸棒申威, 近慚北部[5]"라고 말하였다. 이는 이상은 자신이 한 왕조의 매복梅福과 같이 남창위南昌尉를 하면서 간신배를 질책하던 담력과 식견도 없으며 조조曹操가 북부위北部尉를 맡아 권세가들도 가리지 않았던 패기도 없으므로 지방관의 임무를 감당하기가 어렵다는 뜻이다. 또한 그는 친구에게 보내는 편지에서 전근을 희망하는 심정을 표현하기도 하였다. "우기가 관직에 있을 때 어찌 임기가 찰 것을 기다렸겠는가? 왕화가 세상에 있으면서 어찌 남과 다르기를 원했겠는가? 하물며 하급관료로 지내는 나는 누구에게 할 말이 없겠는가? 하나같이 이에 이르니 그만 두고 싶어도 할 수가 없다네.虞寄[6]爲官, 何嘗秩滿? 王華[7]處世, 寧願異人? 況在下寮, 獨無誰語? 一

....

4) 南昌(남창) : 한 성제(成帝) 때 남창위 매복(梅福)을 가리킨다. ≪한서·매복전≫에 따르면, 당시 왕봉(王鳳)이 권세를 휘둘렀는데도 군신들이 감히 바른 말을 하지 못하자, 매복이 상소를 올려 왕봉의 간사함을 꾸짖었다 한다.

5) 北部(북부) : 조조(曹操)를 가리킨다. ≪삼국지·위지·무제기≫의 배송지(裴松之)주에 따르면, 조조가 낙양북부위(洛陽北部尉)에 재임할 때 다섯 가지 색의 봉을 문 양쪽에 10여개씩 매달아 놓고 금령을 범하는 자가 있으면 권세를 믿고 횡포를 부리는 자들도 가리지 않고 모두 봉으로 때려 죽였다고 한다.

6) 虞寄(우기) : ≪진서(陳書)·우기전≫에 따르면 우기는 관직에 있을 때 임기를 다 채운 적이 없고 겨우 몇 개월만에 그만 둘 것을 청하였다고 한다.

至于此, 欲罷不能"[8]

개성 5년(840)에 조정에는 중대한 변화가 생겼다. 문종이 병사하고 무종武宗이 즉위한 것이다. 무종은 어느 정도 이상을 품고 공적을 쌓아 온 군주로서 이덕유李德裕를 재상으로 삼아 조정의 기강을 재정비하고 자 힘썼다. 이때에는 왕무원王茂元도 경원涇原을 떠나 장안으로 들어와 중앙관리를 맡고 있었다. 속수무책이던 이상은의 눈앞에 다시 희망의 불꽃이 타올랐다. 그는 의연하게 홍농현위의 관직을 버리고 낙양으로 돌아갔다.

낙양의 집에서 이상은은 부인 및 가족과 모여 살았다. 한가할 때에는 친구들과 일상소사를 이야기하고 새로운 시를 짓기도 하였다. 번거로운 공무를 벗어버리면서 시인은 그 속에서 기쁨을 느꼈다. 그는 자신을 도연명陶淵明에 비유하여 은거의 시를 몇 수 지었다. 그 중에는 〈스스로에게 주다自貺〉란 시가 있다.

陶令棄官後,　　도연명은 관직을 버린 뒤에
仰眠書屋中.　　서재에서 위를 보고 누웠지.
誰將五斗米,　　누가 다섯 말 쌀로
擬換北窓風.　　북쪽 창가의 바람과 바꾸려 할까?

얼마 후 왕무원의 매제 이집방李執方의 도움으로 이상은은 장안으로 이사하게 되었다. 본래 각지에 흩어져 있던 친족들도 무리지어 장안으로 옮겨왔다. 이씨 집안은 대대로 사방에 벼슬살이를 다녔으므로 오랫

----

7) 王華(왕화) : 《송서(宋書)·왕화전》에 따르면 왕화는 보통 사람과 달라 연회에 참석한 적이 없었는데 평생 술을 마시지 않았으며 연회가 있어도 가지 않았다.
8) 〈사인 하동공에게 바치는 서신(獻舍人河東公啓)〉에 보임.

동안 정착할 땅이 없었다. 이번에 "나라 안에서 좋은 곳을 골라 장안으로 본관을 옮길卜隣上國, 移貫長安"9) 수 있게 되어 이상은은 마음이 매우 유쾌하였다. 그가 집을 옮겨 장안으로 들어간 목적은 당연히 지방관이 중앙으로 전근되는 기회를 기다리기 위해서였다. 그 해에 이상은은 양사복楊嗣復의 요청에 응하여 장강과 상수湘水 일대를 간 적이 있었으나 그가 장사長沙에 이르렀을 때 양사복은 이미 조주자사潮州刺史로 폄적된 뒤였다.10) 뒤이어 이상은도 화주華州자사 주지周墀의 막부에서 몇 달을 머물렀다. 이듬해는 무종 회창會昌 원년(841)으로 왕무원은 다시 중앙관리에서 외지로 나가 충무군忠武軍절도사 겸 진허陳許(지금의 하남성 회양현淮陽縣、허창시許昌市 일대)관찰사가 되었다. 이에 이상은도 "후의를 입었으나 직위를 받지 않게蒙厚遇而位不進" 한 화주자사 주지와 이별하고 장인 막부로 돌아가 장서기掌書記가 되었다.

회창 2년(842) 봄에 이상은은 다시 장안으로 가서 시험을 보고 서판발췌書判拔萃로 비서성 정자正字를 제수 받게 되었다. 이 때 뜻밖의 성공으로 인해 시인은 극도로 흥분하였다. "세 번 벼슬을 지냈는데 그중 두 번이 공에 의해 뽑혔다. 다시 비서성에 명을 받아 외람되게도 당시의 현인들을 좇게 되었다.……비록 지위가 높이 드러나지는 않았으나 이전보다 나아져서 추락하지 않겠다.三千有司, 兩被公選; 再命芸閣, 叨迹時賢. …… 于顯揚而雖未, 在進修而不隳"11)그의 정치적 열정은 다시금 격발되어 이 시기에 당시의 정치현실을 반영하는 수많은 시를 지었다.

회창 2년 봄에 위구르回鶻의 오개가한烏介可汗이 그의 부족을 이끌고

· ·

9) 〈하양 이대부에게 올리는 장계 1(上河陽李大夫狀一)〉
10) 풍호(馮浩) 주석과 장채전(張采田)의 ≪옥계생연보회전(玉溪生年譜會箋)≫에 근거함.
11) 〈서씨 누이 제문(祭徐氏姊文)〉

대거 침입하였다. 이들은 천덕天德(지금의 내몽고자치구 오랍특烏拉特 앞쪽)과 진무振武(지방정부는 지금의 내몽고자치구 화림격이和林格爾 서 북쪽에 위치) 두 변방의 요새를 공격하였다. 8월에는 다시 대동천大同川 (지금의 산서성 대동시大同市 일대)에 침입하여 하동河東의 소와 말 수만 마리를 약탈하였다. 재상 이덕유는 무종의 지지아래 항전에 주력하였 다. 조정은 진주陳州·허주許州·서주徐州·여주汝州·양양襄陽 등지의 병 력을 출동시키고 은주銀州(지방정부는 지금의 섬서성 유림시楡林市 동남 쪽에 위치)자사 하청명何淸明·울주蔚州(지금의 산서성 영구현靈丘縣과 하북성 울현蔚縣 일대)자사 계필통契苾通으로 하여금 사타沙陀(당 왕조의 소수민족 부락에 귀속)와 토곡혼吐谷渾(앞과 같음)의 군대 6천기騎를 인 솔하여 천덕天德 전선을 향하여 출발하게 해 위구르의 침입을 저지하게 하였다. 이상은은 이 전쟁에 깊은 관심을 가졌다. 그는 열렬한 애국심에 이덕유가 취한 항전정책에 적극 찬성하였으며 또한 전쟁의 승리를 간절 히 바라였다. 조정의 군대가 출발하자 그는 가슴가득 열정을 품고 장군 들이 용감하게 싸워 나라에 공을 세울 것을 격려하였다. 〈전 울주자사 계필통과 이별하며 주다贈別前蔚州契苾使君〉시는 바로 그의 이러한 감정 을 충분히 반영한 것이다.

何年部落到陰陵12),	어느 해 부락이 음릉에 이르렀던가?
奕世勤王國史稱.	여러 대 나랏일에 힘썼다 역사서에서 칭송하네.
夜卷牙旗千帳雪,	밤에 상아깃발을 말았을 땐 수천 장막에 눈 내렸고
朝飛羽騎一河冰.	아침에 우림군의 기병이 출정할 땐 온 강물이 얼 어붙었지.
蕃兒襁負來靑塚13),	오랑캐 사내는 업고 띠 두르고 청총에서 왔고

12) 陰陵(음릉) : 음산(陰山). 지금의 내몽고 자치구의 중부에 있다.
13) 靑塚(청총) : 서한 왕소군(王昭君)의 묘. 지금 호화호특시(呼和浩特市) 남쪽에

狄女壺漿出白登.	오랑캐 아낙네는 호리병 물 들고 백등산에서 나왔네.
日晚鸑鷟泉[14]畔獵,	날 저물어 벽제천 물가에서 사냥을 하니
路人遙識郅都鷹[15].	길 가던 사람들이 멀리서도 '푸른 매' 질도를 알아보네.

　계필은 원래 중국 북방소수민족 철륵鐵勒의 한 부족이다. 계필통의 조상 계필하력契苾何力은 당 왕조 초기의 공신이다. 태종太宗때 이 부족은 음산陰山 일대로 옮겨와 그 지역 소수민족과 화목하게 융합하였다. 회창 연간 위구르의 침입을 저지하는 전쟁에서 계필통은 다시 국가의 통일을 수호하는 데 공을 세웠다. 이상은은 시의 주석으로 "계필통의 먼 조상인 계필하력契苾何力은 건국 초의 공신이다使君遠祖, 國初功臣"는 두 구로 빛나는 업적을 드러내었으며, 이어서 여러 세대에 걸쳐 왕실을 위해 충성을 다한 용맹한 자태와 각 소수민족의 백성들이 이 군대를 추대하는 감동적인 광경을 형상적으로 묘사하였다. 마지막에서는 계필통이 조상의 공업을 계승하여 다시 국가를 위해 공훈을 세운 것을 격려하고 위구르는 흉노가 질도郅都를 두려워했던 것과 마찬가지로 계필에 의해 정복될 것임을 암시하였다. 시인의 간절한 소망과 아름다운 축원이 행간에 스며있다.

　다시 비서성에 들어간 것은 이상은의 정치생활에서는 좋은 시작이었으나 불행하게도 시인의 모친이 그 해 겨울에 병사하였다. 이는 이상은

　있다.

14) 鸑鷟泉(벽제천) : 지금의 내몽고 자치구 오원현(五原縣) 부근에 있다.

15) 郅都(질도) : 서한 사람, 경제(景帝) 때 제남태수(濟南太守)에 재임할 때 권세 있는 자들을 주살하였다. 중위(中尉)로 옮겨서는 법 집행을 매우 엄준하게 하여 귀족이나 외척, 제후들이 그를 '푸른 매(蒼鷹)'라 불렀다. 나중에 안문태수(雁門太守)에 재직할 때에는 흉노가 감히 안문에 얼씬거리지 못했다.

에게 중대한 타격이었다. "하늘의 신이 벌을 내리니 가슴에이는 고통을 다시 당하네.天神降罰, 艱棘再丁" 이상은은 "하늘을 부르고 땅을 부르짖으며, 오장이 무너져 내리는 듯號天叫地, 五內崩摧"[16] 비통해 하였다. 당시의 관례에 따르면 재직관리의 부모가 사망했을 때에는 반드시 관직을 버리고 3년상을 지내게 되어 있었다. 이에 이상은은 하는 수 없이 다시 비서성을 떠나 모친의 장례와 3년상을 지내러 가야 했다.

8 3년상을 지내다

　이상은은 3년상의 대부분을 영락永樂(지금의 산서성 예성현芮城縣)에서 보냈다. 영락으로 이사하기 전에 모친의 장례를 마무리 지었을 뿐 아니라 장안과 낙양, 정주鄭州, 회주懷州 등지를 뛰어다니며 당숙과 두 누이 및 조카딸의 묘지를 옮겨 장사지내는 일을 완성하여 그들의 "분묘를 서로 연결塚墳相連"시킴으로써 여러 해 동안의 숙원을 이루었다. 이상은의 이러한 행동은 봉건사회에서 제창하는 "친한 이를 친하게 하며親親" "효도하고 공경하는孝悌" 의무를 다하기 위한 것만은 결코 아니었다. 그가 쓴 〈서씨 누이 제문祭徐氏姊文〉·〈배씨 누이 제문祭裵氏姊文〉·〈처사 방숙부 제문祭處土房叔父文〉 등의 제문을 통해 우리는 시인이 세상을 떠난 친척들에 대한 깊은 애정을 지니고 있었음을 알 수 있다. 이들 제문은 모두 그의 장기인 변려체로 쓰였다. 정감이 깊고 진지하며 슬픔과 원한이 감동적이다. 그 가운데 가장 뛰어난 작품은 〈어린 조카딸 기기 제문祭小侄女寄寄文〉이다.

정월 25일, 삼촌은 과일과 장난감으로 기기의 몸과 혼백을 선영의 곁에 보내고자 하노라. 슬프도다, 너는 사년 전에 태어나 우리 친족이 되었는데, 몇 개월 후 갑자기 무로 돌아갔도다. 제대로 사랑하여 돌보지도 못했는데 그 슬픔과 상심 어찌 다하랴! 무슨 까닭으로 왔다가 무슨 연유로 갔느냐? 어려서 장난칠 때를 생각해보면, 죽음 따위를 누군들 생각하기나 했겠느냐! 당시 나는 장안에서 대기하며 집을 관중으로 옮겼고 일들이 분주한 채 시간이 흘러 너를 무덤에 맡긴지 벌써 5년이 흘렀다. 황폐한 길에는 시든 풀과 썩은 풀뿌리밖에 없으니 아침에 주린들 누가 배부르게 해줄 것이며 밤에 목이 마른들 누가 불쌍히 여기랴? 네가 쓸쓸한 것은 내 죄로다. 지금 내 둘째 누이가 고향으로 이장하고자 하여 마침내 너의 혼령을 옮겨서 선영에 오게 되었다. 평평한 들판에 묘자리를 택하고 돌에 묘지명을 새겼는데, 상례에 지나친 문장인 줄은 알지만, 어찌 깊은 정을 토로하지 않을 수 있겠느냐. 네가 죽은 뒤 조카들 몇몇이 있어 대나무 말과 옥팔찌, 수놓인 치마나 강보가 방 앞이나 섬돌 아래 뒹굴었고, 해가 뜨나 바람이 부나 작약꽃을 들고 꽃싸움을 하며 내 주위를 어지럽게 돌아다녔다. 오직 너만이 참되고 성실하였는데 어디로 갔는지 알지 못하겠구나. 하물며 내가 다른 사람을 맞이한 이후로 후사가 아직 없어 내 자식과 같이 여겼던 마음이 다른 이보다 몇 곱이나 간절하였던 터였다. 예전에 어루만졌던 것을 생각해보니 온갖 감정으로 공연히 뜨거워지는구나. 오호라! 형수 가, 단산 옆은 너의 증조부가 계신 곳으로 소나무와 개오동나무가 빽빽하게 줄지어 있고, 큰 고모와 둘째 고모의 무덤도 곁에 있다. 그러니 네가 이곳에 오더라도 무서워 말거라. 고운 비단 옷과 좋은 향과 음식을 네가 여기 와서 받으려무나. 적지도 많지도 않을 것이다. 네 삼촌은 너를 제사지내고 네 아비는 널 위해 곡을 하며 기기를 서글퍼하는데, 기기 너는 알고 있느냐?(正月二十五日, 伯伯以果子弄物, 招送寄體魄歸大塋[1]之旁. 哀哉! 爾生四年, 方復本族; 旣復數月, 奄然歸無. 于鞠育而未申, 結悲傷而何極! 來也何故? 去也何緣? 念當稚戲之辰, 孰測死生之位! 時吾赴調京下, 移家關中, 事故紛綸, 光陰遷貿, 寄瘞[2]爾骨, 五

1) 塋(영) : 묘지.

年于玆. 白草枯荄3), 荒涂古陌, 朝飢誰飽, 夜渴誰憐? 爾之栖栖, 吾有
罪矣. 今吾仲姊反葬有期, 遂遷爾靈, 來復先域. 平原卜穴, 刊石書銘.
明知過禮之文, 何忍深情所屬. 自爾歿後, 侄輩數人, 竹馬玉環, 繡襜4)
文袴, 堂前階下, 日裏風中, 弄藥5)爭花, 紛吾左右. 獨爾精誠, 不知所
之. 況吾別娶已來, 胤6)緖未立; 猶子7)之義, 倍切他人. 念往撫存, 五
情空熱. 嗚呼! 滎水之上, 壇山之側, 汝乃曾乃祖, 松櫃8)森行; 伯姑仲
姑, 冢墳相接. 汝來往于此, 勿怖勿驚. 華彩衣裳, 甘香飲食, 汝來受
此, 無少無多. 汝伯祭汝, 汝父哭汝, 哀哀寄寄, 汝知之邪?)

　　이 글은 전고와 수식어를 나열하지 않고 평이하게 쓰여 흐느끼는 듯
호소하는 듯 진실한 정감이 독자의 마음을 감동시킨다. 한유韓愈의 〈십이
랑 제문祭十二郞文〉과 아름다움을 견줄 만하다. 이러한 제문祭文역시 이상
은 문학성취의 일부로서 역대로 사람들의 칭송을 받아왔다.

　　이상은은 영락에서 매우 소박하게 살았다. 그는 가산을 더할만한 돈의
여유가 없어 단지 집 주위에 많은 화초를 손수 심었을 뿐이었다. 잘 돌보
았기 때문에 이들 화초는 이듬해에는 매우 무성히 자라서 작은 화원과
같았다. 이상은은 이처럼 평온하고 그윽하며 운치 있는 생활환경에 무척
만족하였다. "달팽이 집 같은 작은 집 좋아했는데 제비의 둥지도 받아드
릴 정도라네.自喜蝸牛舍, 兼容燕子巢"9) 특히 그를 기쁘게 한 것은 도연명식
의 은일생활이었다. 그는 〈태원이 평정된 후 집을 옮겨 영락현의 거처에

· ·
2) 瘞(예) : 매장하다.
3) 荄(해) : 풀뿌리.
4) 襜(첨) : 옷 앞에 붙은 행주치마 같은 것.
5) 藥(약) : 작약화.
6) 胤(윤) : 후대
7) 猶子(유자) : 자신 자식과 같이 여기다.
8) 櫃(가) : 개오동나무. 종종 소나무와 함께 묘지에 심는다.
9) 〈내가 좋아하여(自喜)〉

이르러 회포를 쓴 십운시를 유·위 두 선배에게 부치다-두 사람은 이 현에 기거한 적이 있다大鹵平後移家到永樂縣居書懷十韻寄劉韋二前輩二公嘗於此縣寄居) 시에서 "여전히 다섯 그루 버드나무 있는데 게다가 남은 온갖 꽃 만남에랴. 지난번 떠날 때는 붓 던지는 것에 놀랐으니 이번에 와서는 응당 관을 걸어두어야지.依然五柳在, 況復百花殘. 昔去驚投筆, 今來分掛冠"라고 말한 적이 있었다. 〈작은 정원에서 혼자 마시다小園獨酌〉·〈꽃 밑에서 취하다花下醉〉·〈요효자의 오두막을 찾아가 우연히 쓰다過姚孝子廬偶書〉·〈영선각에서 저녁에 바라보며 운주의 위평사에게 부치다靈仙閣晩眺寄鄧州韋評事〉 등과 같이 이 시기에 영락에서 한거閑居할 때를 묘사한 시들은 모두 관직을 버리고 물러나 은거하는 사상을 드러내고 있어 시의 풍격이 도연명과 비슷하다. "큰 뜻 품은 기러기와 고니를 잊고 맑은 향기 나는 혜초와 난초를 헤쳐야지.逸志忘鴻鵠, 淸香披蕙蘭"[10] "흠뻑 취해 금과 술에 의지하니 산가에 있는 것도 잊게 된다.陶然恃琴酒, 忘却在山家"[11]가 그 예이다. 이상은과 부인 왕씨王氏는 때때로 흥에 겨워 농사를 짓기도 하였다. 두 부부가 "앞에서 밭 갈고 뒤에서 들밥 내가며, 하루 양식으로 이틀을 먹고 한 벌 옷으로 바꿔 입네. 시기하지도 않고 욕심 부리지도 않으니, 도가 진실로 여기에 있네.前耕後餉, 幷食易衣. 不忮不求, 道誠有在"[12] 시인은 농촌생활로 인해 농민과 접촉하고 왕래하면서 〈시골 노인에게 드림贈田叟〉시를 썼다. "삼태기 멘 쇠약한 노인 정이 넘치는 듯 날 만나자 손잡고 마을을 굽이돌아 가네.荷篠衰翁似有情, 相逢携手繞村行" 여기에서 시인이 농

....

10) 〈태원이 평정된 후 집을 옮겨 영락현의 거처에 이르러 회포를 쓴 십운시를 유·위 두 선배에게 부치다-두 사람은 이 현에 기거한 적이 있다大鹵平後移家到永樂縣居書懷十韻寄劉韋二前輩二公嘗於此縣寄居)〉
11) 〈봄날 밤 스스로 회포를 풀다(春宵自遣)〉
12) 〈장인 사도공에게 거듭 드리는 제문(重祭外舅司徒公文)〉

민과 더불어 "손잡고 함께 다니는携手同行" 친밀한 관계였음을 알 수 있다. 이상은의 사상과 감정에도 변화가 생겼다. 겨울에 눈이 내리면 눈을 읊은 시를 쓰면서 풍년을 앞서 축하하며 "서설이 한 자를 채우는 날을 맞이하고 풍년 들어 두 이삭이 패는 해를 기다린다.瑞邀盈尺日, 豊待兩岐年"라 하였는데, 시 앞에는 "회창 4년 겨울 포주의 영락에 물러나 지내면서 농부가 풍년을 바라는 마음이 잔뜩 생겨 마침내 〈눈을 기다리며〉 시와 〈녹지 않은 눈〉 시 각각 100자를 지어 예전의 친구들에게 마음을 부치다 四年冬以退居蒲之永樂渴然有農夫望歲之志, 遂作憶雪又作殘雪詩各一百言, 以寄情于游舊"라 밝혔다.

이상은은 〈유평사가 〈영락한거〉를 보내온 데 화답하다和劉評事永樂閑居見寄〉시에서 "자연스레 서적을 탐독하며 명리를 잊고 베개에 기대어 때로 떨어지는 좀벌레에 놀라네.自探典籍忘名利, 欹枕時驚落蠹魚"라고 표현한 적이 있다. 이것은 농촌에 살면서 머리 묻고 책보는 일 외에 기타 명리名利를 구하는 일은 모두 내버렸다는 뜻이다. 그러나 줄곧 애국에 대한 열정과 치세의 포부를 지니고 있던 이상은은 이 시기에 일어난 국가 대사에 여전히 크게 관심을 기울이고 있었다.

회창 3년(843) 4월에 소의昭義(지방정부는 지금의 산서성 장치시長治市에 위치)절도사 유종간劉從諫이 죽고 그의 조카 유진劉稹이 스스로 병마유후兵馬留後로 칭하고 표表를 올려 권한을 내려달라고 청하였다. 조정에서는 사신을 보내어 유진이 장사를 지내고 낙양으로 돌아가도록 조령을 하사하였다. 유진은 조령을 거절하고 곧이어 반란을 일으켰다. 재상 이덕유는 그를 토벌하여 중앙의 위엄을 지켜야 한다고 강력히 주장하였다. 무종은 이덕유의 건의를 받아들여 각 노군路軍에 토벌을 명하고 왕무원을 하양河陽절도사로 삼아 반란토벌전쟁에 참여하게 하였다. 이때 이상은은 장인을 대신하여 〈유진에게 주는 편지與劉稹書〉를 써서 유진이 "조정의 명령을 주저하여 신하의 직분을 잃어버린 것遷延朝命, 迷失臣職"을 준엄한 언사로 꾸짖었다. 그리고 만약 그가 사리를 깨닫지 못하고 계속 잘못을 저지른다면 선대에 반란을 일으켰던 번진藩鎭의 전철을 반드시 되밟게 될 것이라고 경고하였다. 문장의 기세가 드높고 필력이 웅건하여 만당晩唐 변려문의 가작佳作이라 할만하다. 아울러 반란을 토벌하는 전쟁에 찬동하는 이상은의 선명한 입장이 나타나있다. 이 시기에 이상은은 반란토벌전쟁을 주제로 한 수많은 시를 썼다. 칠언율시 〈소응현에 머물다 길에서 소의공토에 임시로 충원된 호부의 이낭중을 전송하다行次昭應縣道上送戶部李郎中充昭義攻討〉를 보자.

將軍大旆掃狂童,	장군의 큰 깃발이 얼빠진 꼬마를 일소함에
詔選名賢贊武功.	이름난 현인을 뽑아 무공을 도우라는 조서가 내려졌네.
暫逐虎牙臨故絳13),	잠시 호아장군 따라 고강에 이르렀다가
遠含鷄舌過新豐14).	멀리로부터 계설향을 머금고 신풍을 지나네.
魚遊沸鼎知無日,	물고기가 끓는 솥에서 노니 살 날이 없음을 알겠고
鳥覆危巢豈待風.	새가 높은 둥지에서 뒤집어짐에 어찌 바람을 기다리랴?
早勒勳庸燕石上,	일찌감치 연연산 돌에 공적을 새기고
佇光綸綍15)漢廷中.	한나라 조정에서 임금의 조서를 빛내시기를.

이 시는 기조가 앙양되어 있고 기세가 호매豪邁하다. 시인은 직접적으

---

13) 虎牙(호아) : 고대 장군의 명칭. 여기서는 행영(行營)의 장수를 가리킴. 絳(강) : 지금 산서성 강현(絳縣).
14) 鷄舌(계설) : 계설향, 즉 정향. 고대 삼성의 낭관은 아뢸 때 입에 계설향을 머금어 입냄새를 향기롭게 했다. 여기서는 장군이 낭관의 신분으로 멀리 행영을 간 것을 가리킨다. 新豐(신풍) : 소응현(昭應縣).
15) 綸綍(윤발) : 왕의 조령(詔令).

로 유진을 "얼빠진 꼬마狂童"라 질책하면서 반란토벌전쟁이 반드시 승리할 것이라 굳게 믿었다. 반란군이 머지않아 멸망하리라고 예측하면서 동시에 이낭중李郎中이 동한의 두헌竇憲처럼 승전보를 알리며 돌아와 공적을 연연산燕然山에 새길 것을 축원하였다. 전체적으로 반란군을 경시하고 출정한 장군을 칭송하면서 자신의 애국에 대한 열정을 드러내었다.

반란토벌전쟁이 시작된 이듬해(회창 4년), 이상은은 곽산霍山(지금의 산서성 곽현霍縣)을 유람하였다. 시인은 높은 곳에 올라가 멀리 바라보며 전방의 전쟁을 염려하여 오언율시 한 수를 썼다.

廟列前峰逈,	사당 늘어선 앞 봉우리는 멀고
樓開四望窮.	누각이 열리니 사방의 조망이 끝없다.
嶺鼸16)嵐色外,	산고개는 생쥐처럼 아지랑이 밖에
陂鴈夕陽中.	산비탈엔 기러기가 석양 속에.
弱柳千條露,	약한 버들 천 가지에 이슬 내리고
衰荷一向風.	시든 연잎 모두가 바람에 기운다.
壺關17)有狂孽,	호관에 미친 녀석이 있으니
速繼老生18)功.	속히 노생을 제압한 공을 이어주시기를.

- <곽산역의 누각에 오르다登霍山驛樓>

당 고조高祖 이연李淵은 태원太原에서 관중關中을 향해 진군했으나 수隋의 장수 송로생宋老生이 곽읍을 지키면서 당군唐軍의 전진을 막았으며, 이에 곽산의 신령이 백의노인으로 둔갑하여 이연을 도와 송로생을 베어버림으로써 수나라 군대를 이겼다고 한다. 이 시는 악묘岳廟와 역루驛樓를 묘사하고 산간의 풍경을 그려내었으며, 빈약한 버드나무와 시든 연

· ·

16) 鼸(혜) : 생쥐의 일종.
17) 壺關(호관) : 유진(劉稹)이 주둔한 노주(潞州) 부근에 호관산이 있다.
18) 老生(노생) : 수나라 말 장군인 송노생(宋老生).

꽃 따위를 빌어 쓸쓸하고 적막한 전시戰時의 풍경을 두드러지게 하였다. 미련에서는 산신령이 다시 조정을 도와 빠른 시일 내에 유진의 난이 평정되기를 바람으로써 전편의 주제를 부각시켰다. 시경詩境이 구불구불 흐르는 듯하고 정감이 깊고 간절하다.

그 해 8월에 석웅石雄 등의 장군과 병사들이 용맹하게 분투한 결과 반란군은 마침내 세력을 잃었으며, 유진이 부하장수 곽의郭誼에 의해 피살되면서 전쟁은 끝이 났다. 이 반란토벌전쟁의 승리는 각 번진을 제압하고 중앙집권을 강화시켰다는 데에 의의가 있다. 이덕유도 이 전쟁으로 인해 태위太尉를 겸직하게 되었으며 위국공衛國公에 제수되었다. 승전보가 전해지자 이상은은 속히 무거운 짐을 벗어버렸다. 그는 기쁜 어조로 〈수부 마낭중이 홍덕역에 제한 시에 부쳐 화답하다寄和水部馬郞中題興德驛〉란 시를 짓고 제목 밑에 "당시 소의절도사 유진劉稹의 난이 이미 평정되었다.時昭義已平"고 주를 달았다.

이상은이 장안을 떠난 후 3년째는 바로 만당 역사에 기록될만한 시기였다. 이덕유는 재상에 임명된 뒤 위구르의 침입을 격파하고 유진의 반란을 평정하였으며 불교를 폐하고 불필요한 관직을 없앴다. 또한 폐정弊政을 제거하기 위한 일련의 조치를 시행하면서 조정에 중흥의 기운이 일어났다. 이는 이상은에게도 새로운 희망을 가져다주었으나 그는 직접 공헌할 수 없어 안타까웠다.

月色燈光滿帝都,	달빛과 불빛 경사에 가득하고
香車寶輦溢通衢.	호화로운 마차와 수레 대로에 넘치겠지.
身閒不覩中興盛,	몸이 한가로워도 중흥의 성대함을 보지 못하고
羞逐鄕人賽紫姑19).	마을 사람 따라 자고신에게 제를 지내자니 부끄

....

19) 賽紫姑(새자고) : 자고신을 맞이하는 제사를 지내다. 紫姑(자고) : '갱삼고낭

럽다.
 - <정월 대보름에 경사에 연등제가 있다는 소식을 듣고도 볼 수 없어
   안타까워하다正月十五夜聞京有燈恨不得觀>

이 시는 관등놀이를 주된 제재로 끌어들였다. 시인은 장안으로 가 직접 중흥의 성황을 목도하지 못함을 탄식하였다. 제재의 선택이 참신하고 이채롭다. 이때의 시인은 이제 다시는 도연명을 본뜬 은일시를 짓지 않을 것처럼 보인다. 그는 하루속히 한거 생활을 마치고 장안으로 돌아가 중흥사업에 분투하기를 갈망하였다. 회창 5년(845)에 정주로 오라는 요청에 응하여 돌아가던 중 그는 낙양의 아우 희수羲叟의 집에 며칠 머물렀다. 왕무원은 이미 회창 3년(843)에 군중軍中에서 병사하였다. 당시 이상은은 마침 모친을 대신하여 장사를 지내느라 바빴으므로 직접 조문을 가지 못하고 제문만 썼었다. 이때 낙양 가는 길에 그는 "천리 길 귀로에, 동쪽문의 옛 집. 여러 자 되는 비단에, 한 화로의 향 연기千里歸途, 東門故第; 數尺素帛, 一爐香烟"20)라고 하여 다시금 장인 왕무원을 추모하였다.

그 해에 이상은은 자주 병들어 누웠으므로 온 집안이 모두 낙양에 머물렀다. 그해 10월에 거상기간이 끝나고 나서야 이상은은 비로소 장안으로 다시 돌아갔다.

....

(坑三姑娘)'이라고도 부르는데 전설상의 측신(厠神). ≪현이록(顯異錄)≫과 소식(蘇軾)의 〈자고신기(子姑神記)〉기재에 따르면, 당 무후 때, 수양자사(壽陽刺史) 이경(李景)의 첩 하미(하미)가 본처 조씨(曹氏)에게 정월 15일에 측간에서 몰래 죽임을 당하자, 상제가 가련하게 여겨 측신으로 명했다고 한다.
20) 〈장인 사도공에게 거듭 드리는 제문(重祭外舅司徒公文)〉

9 장안長安에서 계주桂州까지

회창 5년(845) 10월에 이상은은 모친상 기간이 끝나자 장안으로 돌아와 복직하였으며 여전히 비서성 정자正字를 맡았다. 그러나 이때는 무종의 개혁의 칼날이 무뎌졌고 그는 그저 신선과 여색에 탐닉할 때였다. 이상은은 공적을 세울 것을 간절히 원했지만 이미 불가능했다. 다음해 3월에 무종은 금단金丹 복용으로 중독되어 몸을 망치고, 환관들이 목종穆宗의 아우이자 무종의 숙부인 이침李忱을 황제로 옹립하였으니 이가 선종宣宗이다. 선종은 제위에 오르자마자 "회창 연간의 정치를 바꾸는 데 힘썼다.務反會昌之政" 이덕유를 좌천시키고 이당李黨의 인물들을 숙청하자 우당牛黨이 재기하면서 당파투쟁이 극도에 달하였다. 선종은 또한 불교를 부흥시키고 불필요한 관직을 증설하였으며 평범하고 무능한 무리를 임용하여 막 회복되려던 정치경제의 국면을 파괴하였다. 이상은의 정치이상이 물거품이 되어버리자 그는 〈한궁사漢宮詞〉·〈요지瑤池〉·〈소숙황제 만가사昭肅皇帝挽歌辭〉 등의 시를 써서 무종 만년의 신선과 여색에 탐닉하는 생활을 풍자비판하면서 무종의 회창 연간 초기의 공적을 매우 그리워하였다. 그중 가장 걸출한 〈무릉茂陵〉 시를 보자.

漢家天馬出蒲梢[1],	한나라의 천마는 포소에게서 나왔고
苜蓿[2]榴花偏近郊.	거여목과 석류꽃이 가까운 교외에 두루 널렸네.
內苑只知含鳳嘴[3],	안뜰에서는 그저 봉황의 부리를 녹일 줄만 알고
屬車無復揷雞翹[4].	시종의 수레에 닭의 꼬리를 꽂지 않았네.
玉桃偷得憐方朔,	옥 복숭아를 훔쳐낸 동방삭을 부러워했고
金屋修成貯阿嬌.	금 집에 단장을 마친 아교를 감춰두었네.
誰料蘇卿老歸國,	누가 알았으랴, 소무가 다 늙어 나라로 돌아와 보니
茂陵松栢雨蕭蕭!	무릉의 소나무와 잣나무에 비만 쓸쓸이 내릴 줄을!

이 시는 한 무제가 대원大宛을 토벌한 무공을 들어 당 무종이 위구르에 항전하고 택로澤潞를 평정한 공적을 비유하였으며 아울러 무종의 죽음에 애도를 표하였다. 경련頸聯에서는 동방삭과 아교阿嬌를 들어 무종이 만년에 신선에 미혹되고 여색을 총애했던 일을 풍자하였다. 미련尾聯에서는 소무蘇武를 빌어 분개하였다. 소무는 흉노에게 19년이나 억류되었다가 조정에 돌아왔는데, 이미 무제는 세상을 떠나고 없었다. 이상은이 3년의 모친상을 치루고 장안에 돌아왔는데, 이미 이때는 무종의 사업은 돌이킬 수 없는 지경이었다. 시인의 침통한 한탄이 행간에 배어있다.

이상은은 본래 우당으로부터 "가족의 은혜를 저버린背家恩" 사람으로

---

1) 蒲梢(포소) : ≪사기(史記)·악서(樂書)≫에 따르면, 한 무제가 대완(大宛)을 치고 천리마를 얻었는데 포소라 이름했다고 한다.
2) 苜蓿(목숙) : 콩과의 식물로 대원(大宛)의 말이 잘 먹는다.
3) 鳳嘴(봉취) : 〈십주기(十洲記)〉에 따르면, 선가에서는 봉황의 부리와 기린의 뿔을 끓여 아교를 만드는데, 이것으로 쇠뇌의 끊어진 현을 이어붙일 수 있었다. 含鳳嘴(함봉취)는 입으로 녹여 풀을 만드는 것을 이른다.
4) 屬車(속거) : 고대 임금이 순유할 때 따르던 수레. 雞翹(계교) : 수레 앞에 꽂았던 깃털이 달린 난새 깃발.

여겨졌다. 이제 우당이 득세하였으니 승진은 당연히 희망이 없었으며 정치적 폭풍 속에서 타격을 받을 수도 있었다. 이에 그는 비서성과 장안을 떠나 환경을 새롭게 바꾸기로 결심했다.

선종 대중大中 원년(847) 2월에 급사중給事中 정아鄭亞가 계주桂州(지방정부는 지금의 광서성 계림시桂林市에 위치)자사 겸 계관桂管방어관찰사로 전출되었다. 당나라 사람들은 중앙관직을 중시하고 지방관을 경시하였으므로 이당에 속해있던 정아의 이번 전근은 표면적으로는 승진이나 실제로는 강등이었다. 정아는 일찍부터 이상은의 재능을 인정하고 있었으므로 이상은을 막료로 초빙하였다. 이상은도 즉각 요청을 받아들여 정아와 함께 계주로 갔다. 이 해 정월에 이상은의 아우 희수는 막 진사에 급제하였으므로 두 형제는 장안 동쪽 교외에서 눈물을 흘리며 이별하였다.

계주는 궁벽한 곳으로, 가는 길이 매우 멀었으므로 그들이 임지에 도착했을 때에는 이미 초여름이었다. 이번의 남하에 이상은은 가솔을 이끌고 가지 않았으므로 심기가 매우 좋지 못했다. 처음 장안을 떠났을 때는 "잉어가 낚시바늘을 삼키고 원숭이가 무리를 잃은 듯鯉魚食鉤猿失群"[5]한 비통한 느낌이었다. 계림에 도착한 뒤에는 변방의 황량한 풍경과 기이한 풍습으로 인해 낯선 고장에서 벼슬살이하는 온갖 고통을 다 겪었다. 〈특이한 풍속異俗〉2수는 이러한 기분을 반영한 시로 첫 번째 작품은 다음과 같다.

> 鬼瘧朝朝避,   학질을 아침마다 피하고
> 春寒夜夜添.   봄추위는 밤마다 더해지네.

5) 〈운을 바꿔가며 즉흥적으로 72구를 지어 네 동료에게 주다(偶成轉韻七十二句贈四同舍)〉

未驚雷破柱,	벼락이 기둥을 부숴도 놀라지 않고
不報水齊簷.	물이 처마까지 차도 알리지 않네.
虎箭侵膚毒,	호랑이 잡는 화살엔 가죽을 뚫는 독
魚鉤刺骨銛.	물고기 잡는 바늘엔 뼈를 찌르는 작살,
鳥言成諜訴,	새소리 같은 말로 문서를 만드는데
多是恨彤襜6).	대부분은 붉은 수레 휘장에 대한 원망이네.

　제목 아래에 시인이 "이 때 영남에서 근무하고 있었다.時從事嶺南"라
주석을 단 것으로 보아 이 시는 이상은이 정아의 명을 받들어 잠시 소주
昭州자사를 맡고 있을 때 지은 것 같다. 열악한 자연환경과 특이한 사회
풍속을 묘사하여 번뇌하는 시인의 심경을 반영하였다. 학질의 유행, 이
른 봄 추위의 습격, 천둥번개의 파괴, 홍수의 위협, 이 모두 두려운 것들
이며 독화살로 호랑이를 쏘고 날카로운 낚시 바늘로 물고기를 잡는 것
역시 매우 기이하다. 미련은 그 곳 주민들이 새 울음소리 같은 사투리로
탐관오리를 원망하는 것을 묘사하여 당시의 계급모순을 반영하였으므
로 일정 정도 사회적 의의도 있다.

　이상은은 이번의 지방발령을 무척 달갑지 않게 여겼으나 부주府主인
정아는 이상은을 매우 신임하여 관찰지사 겸 장서기掌書記를 맡겼을 뿐
아니라 특별히 이상은에게 검교수부원외랑檢校水部員外郞(종6품상급, 비
서성 정자는 9품)이라는 빈 직책까지 얻어주었다. 그 해 겨울, 정아는
이상은을 강릉부江陵府(지방정부는 지금의 호북성 강릉현江陵縣에 위치)
로 파견하여 근무하게 하였고 다음해 정월에는 다시 소평昭平(지방정부
가 지금의 광서자치구 평락현平樂縣에 위치)군수를 맡겼다. 정아의 관심
과 신임은 이상은에게 친근감과 위안을 주었으며 이상은 역시 정아에게

------

6) 彤襜(동첨) : 붉은 색 수레 휘장. 여기서는 관부(官府)를 가리킨다.

깊이 감사하게 되었다.

이 시기에 이상은은 〈계림桂林〉·〈계림의 길에서 짓다桂林路中作〉와 같은 남방색채를 띤 시를 다수 지어서 이상은 시가창작에 있어 풍성한 수확을 거둔 시기라 하겠다. 〈저녁에 날이 개다晚晴〉와 〈키 큰 소나무高松〉 두 편은 이 시기의 걸작이다.

深居俯夾城,	홀로 살면서 담장 사잇길을 내려다보니
春去夏猶淸.	봄이 지나간 뒤 여름이 오히려 맑다.
天意憐幽草,	하늘의 뜻은 고요한 곳에서 자라는 풀을 어여삐 여기고
人間重晩晴.	인간세상에서는 날 개인 저녁을 소중히 여긴다.
幷添高閣逈,	높은 누각에 먼 모습을 한껏 보태주고
微注小窓明.	작은 창문에 밝은 빛을 살며시 가져다준다.
越鳥巢乾後,	월 땅의 새는 둥지가 마른 뒤라
歸飛體更輕.	돌아가며 나는 몸 더욱 가볍구나.

〈저녁에 날이 개다晚晴〉

高松出衆木,	키 큰 소나무 다른 나무보다 뛰어나
伴我向天涯.	나를 벗하여 하늘가에 서있다.
客散初晴後,	손님 흩어지고 갓 날 갠 후에나
僧來不語時.	스님이 오시어 말씀 안 하시는 때이거든,
有風傳雅韻,	우아한 운치 전해줄 바람은 있으나
無雪試幽姿.	그윽한 자태 시험할 눈이 없구나.
上藥終相待,	결국 신선의 약이 될 것을 기다리겠나니
他年訪伏龜.	먼 훗날 엎드린 거북 신을 찾아오리라.

〈키 큰 소나무高松〉

사물을 읊고 경치를 묘사할 때에 이상은은 이제까지 항상 전고를 사용하여 내용을 심화시키곤 했다. 그러나 계주의 막료시절 지은 시는 오히려 백묘白描의 수법을 많이 써서 담백하면서도 명랑하여 풍격에 뚜렷한 변화를 보였다. 앞의 시는 맑게 갠 저녁의 아름다운 풍경을 묘사한 것으로 철학적 이치와 시정詩情이 조화롭게 결합되었다. 풍호馮浩는 "신세에 대한 감개를 깊이 기탁하였다深寓身世之感"고 여겼다. 미련은 "둥지 마르다巢乾"가 "개임晴"과 부합되고 "돌아가며 날다歸飛"가 "늦음晚"과 부합된다. 날이 개어 새둥지가 마르고 작은 새가 날렵하게 날아간다는 것은 시인의 처지에 새로운 전기轉機가 생겼음을 상징한다. 경상景象에 시인의 마음을 이입시키고 의론議論에 시인의 뜻을 기탁하여 묘사가 세밀하고 조리가 있다. 뒤의 시는 사물에 감회를 기탁한 것으로, 높은 소나무에 부주府主를 비유하여 후진을 보살펴준 은혜에 깊이 감사하고 있다. 전체적으로 무리 중에 탁월하며 소인배들을 멸시하는 자태와 기세가 드러나 있고, 아울러 재능을 펼칠 곳 없다는 탄식이 암시되어 있다. 결미에서 "신선의 약上藥"과 "엎드린 거북신伏龜"을 기약함으로써 시인이 아직 미래에 대한 신념을 잃지 않았음을 나타내었다. 시 전체의 격조가 청신淸新하여 풍격이 담담하고 단아하다.

　　이상은은 계주에서도 여전히 나랏일에 깊은 관심을 가지고 있었다. 〈성 위에서城上〉시는 이러한 사상을 반영한다.

有客虛投筆,	괜시리 붓을 던진 어떤 나그네,
無憀7)獨上城.	무료하여 홀로 성에 올랐다.
沙禽失侶遠,	모랫벌의 새 짝을 잃은 채 멀어지고
江樹著陰輕.	강가의 나무 그늘 드리운 채 가볍다.
邊遽8)稽天討,	변방의 경보에도 하늘의 토벌은 늦어지고
軍須9)竭地征.	군수품은 땅의 정벌에 다 써버렸다.

7) 無憀(무료) : "無聊(무료)"와 같다.
8) 遽(거) : 관부의 문서를 전달하는 역참의 수레.
9) 軍須(군수) : 군수품.

| 賈生遊刃極, | 가의는 솜씨가 대단히 뛰어나 |
| 作賦又論兵. | 부를 짓고 또 군사도 논했지. |

역사의 기록에 의하면 대중大中 원년 5월에 토번吐蕃의 통치자가 당항黨項과 위구르 군대를 꾀어 하서河西지방을 침공케 하였다. 이에 조정에서는 재력을 다 동원하고 군대를 일으켜 이들을 토벌하였다. 이 시의 경련은 이 사건을 쓴 것으로 나랏일에 대한 시인의 끝없는 염려를 드러내었다. 전반부의 고독한 정조와 어두운 풍경은 시인의 신세에 대한 감개가 스며있으며 시국의 분위기가 과장되어 있다. 미련은 가의賈誼의 재능을 지녔다고 자부하면서 한걸음 더 나아가 자신의 포부를 펼칠 수 있기를 갈망하였다.

이상은은 포부를 지닌 동시에 감정을 중시한 사람이다. 장안에서의 일과 따뜻한 가정생활도 항상 그의 가슴속에 맴돌고 있었다. 이처럼 수천 리 밖에 멀리 떨어져 포부를 펼치지도 못하고 처자를 만나지도 못하는 상황은 그를 매우 비통하게 만들었다. 따라서 이 시기에 이상은은 주로 장안과 낙양을 동경하고 처자를 그리워하는 시를 써서 비애와 절망의 심정을 표현하였다. 〈돌아가고픈 마음思歸〉을 보자.

固有樓堪倚,	본디 기댈 만한 누각이 있거늘
能無酒可傾?	기울일 술이 없어서야 되겠는가?
嶺雲春沮洳10),	고갯마루 구름은 봄이라 축축하고
江月夜晴明.	강가의 달은 밤이라 쾌청하다.
魚亂書何托?	물고기들 어지러우니 편지를 어찌 맡길까?
猿哀夢易驚.	원숭이는 슬퍼 꿈이 깨기 일쑤.
舊居連上苑,	옛 살던 곳은 상림원에 인접했거니
時節正遷鶯11).	시절은 바야흐로 꾀꼬리 옮겨 다니는 때로다.

....

10) 沮洳(저여) : 낮고 습하다.

이 시는 편지 전해줄 이 없는데 꿈에 원숭이 울음소리를 듣고 놀란다
는 내용에서 볼 수 있듯이, 객지에서 집을 그리워하는 외롭고 쓸쓸한
마음을 반영하였다. 그는 당시 "꾀꼬리 옮겨 다니던遷鶯" 시절 집을 관중
關中으로 옮기고 "상림원에 인접한連上苑" "옛 살던 곳舊居"에서 보냈던
행복했던 생활을 회고한다. 돌아가고 싶은 심정이 특히 간절하다.

같은 심정을 묘사한 시로 〈먼 곳을 그리워하며念遠〉·〈눈길 가는대로
寓目〉·〈가을을 찾아서訪秋〉 등도 있으나 〈즉흥시卽日〉는 여기에서 한
걸음 더 나아가 장안을 그리워하는 심정을 서술하였다.

桂林聞舊說,	계림에 대한 옛 말을 들었지만
曾不異炎方.	종래 무더운 지방과 다르지 않았다.
山響匡牀12)語,	산은 편안한 침상의 말을 전해오고
花飄度臘香.	꽃은 섣달을 지난 향기를 날린다.
幾時逢鴈足?	언제나 기러기의 발을 만날까?
著處斷猿腸.	여기저기서 원숭이 창자 끊긴다.
獨撫靑靑桂,	홀로 푸르디푸른 계수나무 어루만지며
臨城憶雪霜.	성에 올라 눈과 서리를 생각한다.

수련아래 시인은 "송지문宋之問에게 '작은 장안'이라는 구절이 있다.宋
考功13)有小長安之句也"고 주해하였다. 시의 전반부는 '작은 장안小長安'처
럼 아름답다고 전해지는 계림의 경치를 묘사하여 후반부의 현실적으로

··························
11) 遷鶯(천앵) : 옛날에 승진을 하거나 이직할 때 주는 축하의 칭송사.
12) 匡牀(광상) : "광상(筐床)"이라고도 하며 네모나면서 편안한 침상.
13) 宋考功(송고공) : 송지문(宋之問)을 가리킨다. 중종 경룡(景龍) 연간에 고공원
   외랑(考功員外郞)을 지냈는데, 지금 전하는 시에는 "소장안" 구절이 없다. 다
   만 장숙경(張叔卿)의 〈유계주(流桂州)〉 시에 "오랑캐 먼지 닿지 않은 곳, 그곳
   이 바로 작은 장안이네.(胡塵不到處, 卽是小長安)" 구절이 있다.

황량한 계림의 풍경을 부각시켰다. 풍호馮浩는 마지막 구가 "눈서리를 추억하는 것이 아니라 장안의 번화한 모습을 그리워한 것이다非億雪霜, 念京華也"라고 주석을 달았다. 실제로 시 전체가 모두 장안을 그리워하는 심정을 서술한 것으로, 의경이 함축적이다.

이때에도 조정의 당파싸움은 여전히 계속되었다. 대중 원년(847) 12월에 이덕유는 조주潮州(지방정부는 지금의 광동성 조안현潮安縣에 위치) 사마司馬로 폄적되었다. 곧이어 대중 2년(848) 2월에 정아도 순주循州(지방정부는 지금의 광동성 혜주시惠州市동쪽에 위치) 자사로 폄적되었다. 이 소식을 전해 듣고 소주昭州에서 자사를 대행하고 있었던 이상은은 즉시 계주로 돌아가 정아를 송별하였다. 정아가 순주의 근무지로 떠나자 이상은도 계부桂府에서의 생활을 마감하고 담주潭州로 길을 잡아 북상하였다. 이상은은 계주막부에 비록 1년여 정도 머물렀으나 정아에 대해서는 깊은 경의를 가지고 있었다. 후에 그는 〈옛 막부의 개봉공 정아께 바치다獻寄舊府開封公〉시를 지어 정아에게 감사의 마음을 표하였다.

幕府三年遠,	막부에서 멀어진 지 삼 년
春秋一字褒.	《춘추》와 같이 한 글자로 칭찬해주셨더랬지요.
書論秦逐客,	글은 진나라의 〈간축객서〉에 견주어지고
賦續楚離騷.	부는 초나라의 〈이소〉를 뒤이으셨습니다.
地里南溟濶,	지리적 거리는 남해처럼 요원하고
天文北極高.	천문은 북극처럼 높습니다.
酬恩撫身世,	은혜에 보답하고자 신세를 돌아보아도
未覺勝鴻毛.	기러기 털보다 낫다고 느껴지지 않습니다.

풍호는 이 시에 대해 "순주의 정아에게 부친 시이다. 수련은 3년 동안 오래 따르면서 지우知遇의 은혜를 입었음을 말하였다. 세 째, 네 째 구는 관직박탈을 손님을 내쫓는 일이라고 여겼던 당나라 사람들의 인식과 아

울러 정아가 오래도록 전근되지 못했던 이상은을 특별히 막료로서 윤허해 달라고 주청하여 상남湘南에 오게 된 사실을 말하였다. 시어가 정교하고 적절하다. 다섯 째 구는 순주循州를 말하였고 여섯째 구는 조정에 돌아가기를 축원하였다. 역시 하늘은 높고 물을 곳 없는 답답한 심정을 은근히 기탁하였다. 결구에서는 은혜에 보답할 수 없음을 부끄러워하였다. 당국에서 꺼려할까 봐 제제를 다소 숨겼다."고 해석하였다. 이 해설은 시인의 의도와 대략 합치한다. 다만 이상은이 계주에 있던 시기는 전후 1년뿐이었다. 시에서 "멀어진 지 삼 년三年遠"이라고 말한 것은 계부桂府로 간 뒤 3년 후에 지었다는 뜻일 것이다.

10 〈즉흥시 5장漫成五章〉과 〈한유의 비문韓碑〉

대중 2년(848)가을에 이상은은 장안으로 돌아왔으며 얼마 후 경조부京兆府 주질위盩屋尉에 임명되었다. 다음해 초봄에 이상은이 현령과 함께 경조윤京兆尹을 배알할 때 경조윤은 그에게 경조부에 머물러 법조참군法曹參軍을 대행하고 장주章奏에 관한 업무를 담당해달라 부탁하였다. 당시 조정의 집권자들은 대부분 우당이었다. 영호도 역시 고공낭중考功郎中에서 지제고知制誥로 옮기고 한림학사를 담당하며 실권세력을 이루었다. 그들은 회창 연간에 무종이 등용한 관리들을 마구 숙청하면서 역사적 공적을 평가하는 데 있어서도 시비를 전도시켰다. 당파의 거리낌으로 인해 이상은에 대한 영호도의 태도 역시 매우 소원해져 다시는 도와주려고 하지 않았다. 이때 이상은은 "산 속 황량한 역참의 하얀 대나무 사립문 등불 가물거리는 새벽녘에 맑은 빛의 얼굴을 꿈꾸네.山驛荒凉白竹扉, 殘燈向曉夢晴輝)"였고 영호도는 "우은대문 길에 눈이 석 자인데, 조서를 지어 완성하고 당직에서 돌아오시네.右銀臺路雪三尺, 鳳詔裁成當直歸"[1]

. . . .

1) 〈영호 학사를 꿈꾸다(夢令狐學士)〉

였다. 그해 중양절重陽節에 이상은이 영호도의 집에 인사를 갔으나 영호
도는 일부러 피하여 만나지 않았다고 한다. 이상은은 객실에서 유명한
〈중양절九日〉시 한 수를 짓고 올 수 밖에 없었다.

曾共山翁把酒時,	산옹과 함께 술잔을 잡았을 땐
霜天白菊遶階墀.	가을날 흰 국화가 섬돌을 둘렀다.
十年泉下無消息,	십 년 동안 황천 아래에서 아무 소식 없어
九日樽前有所思.	중양절에 잔 앞에서 떠오르는 이 있었다.
不學漢臣栽苜蓿,	한나라 신하가 거여목 심은 건 배우지 않고
空敎楚客詠江蘺.	부질없이 초나라 길손더러 강리를 읊게 하였지.
郎君官貴施行馬2),	그대가 벼슬이 높아져 행마를 설치하니
東閣無因再得窺.	동각을 다시 들여다볼 방법이 없다오.

　　이 시는 "산옹山翁"과 "한나라 신하漢臣"로 영호초를 비유하고 인재를
배양하는 데 능했던 영호초에 대해 시인이 무한히 그리워함을 형상적으
로 드러내었다. "초나라 길손楚客"은 자신을 쫓겨난 굴원에 비유한 것으
로 영호도가 관직이 높아진 뒤 옛 정을 잊었음을 꼬집어 풍자한 것이다.
　　이 시기에 이상은은 많은 시를 지었다. 한편으로 백민중白敏中과 영호
도 등이 종묘사직의 안위를 돌보지 않고 오직 당의 사사로운 이익만 도
모하며 어질고 재주 있는 자를 박해하는 갖가지 행위에 분개를 표하였
고, 다른 한편으로는 회창 연간에 이덕유가 국가에 크게 공헌한 일을
칭송하였다. 그 중 가장 대표적인 작품이 5수로 1조를 이룬 칠언절구
〈즉흥시 5장漫成五章〉이다.

· ·

2) 行馬(행마) : 사람과 말의 통행을 막는 바리케이트. 위진 이후로는 귀족 집의
　문 앞에 두어 말을 매도록 하였다.

沈宋裁辭矜變律,	심전기와 송지문은 시를 지으며 격률을 바꾸는 것을 중시했고
王楊落筆得良朋.	왕발과 양형은 글을 지으며 쓸만한 대구를 얻었다.
當時自謂宗師妙,	당시에는 스승으로 삼을 오묘함이라 생각했지만
今日唯觀對屬能.	요즘은 대구 맞추는 데 능한 것으로만 보일 뿐이다.

"심송沈宋"은 초당시인 심전기沈佺期와 송지문宋之問으로 이들은 율시의 발전에 공헌한 바 있다. "왕양王楊"은 왕발王勃과 양형楊炯 등의 "초당사걸初唐四傑"로 그들은 시문詩文으로 유명하다. 이 시는 표면적으로는 심송과 왕양이 당시에는 득의하였다고 여겼지만 지금 보기에는 단지 대구를 만드는 재능이 조금 있었을 뿐이라고 말하고 있다. 그러나 심층으로 들어가면, 이 시는 자신이 예전에 스승 영호초에게 의지한 것이 잘못이었다고 후회하는 뜻을 함축하고 있다. 이상은은 〈백도사의 옛 집白雲夫舊居〉에서 "평소 백도사를 허투루 알다平生誤識白雲夫"라 말한 적이 있는데 백운부란 바로 영호초를 가리킨다.3) 그러나 이상은의 불만은 당파 싸움을 빗댄 것임이 분명하다. 이는 둘째, 셋째 수에 더욱 명확하게 드러나 있다.

李杜操持事略齊,	이백과 두보는 글을 짓는 일에서 대체로 나란하니
三才萬象共端倪.	삼라만상에서 모두 두각을 나타냈다.
集仙殿與金鑾殿,	집선전과 금란전에서는
可是蒼蠅惑曙雞.	오히려 쉬파리가 새벽닭을 어지럽혔다.

---

3) ≪신당서·예문지≫에서 영호초의 ≪표주집(表奏集)≫10권 아래에 "자칭 〈백운유자표주집(白雲孺子表奏集)〉이라 하였다."고 주석이 되어 있다.
【역자주】 저자는 백운부를 영호초로 보았지만, 이것은 일설에 불과하며 ≪이의산시집≫에서는 누구인지 분명치 않으나 '백도사'로 보았다.

> 生兒古有孫征虜[4],　아들을 낳음에 옛날에 손권이 있었거늘
> 嫁女今無王右軍[5].　딸을 시집보냄에 이제는 왕희지가 없구나.
> 借問琴書終一世,　묻노니, 금과 글씨로 일생을 보내는 것을
> 何如旗蓋仰三分.　깃발과 일산이 천하삼분의 위업을 우러르는 것과
> 　비교하면 어떤가?

두 시 모두 비유가 극히 교묘하다. 전자는 이백과 두보가 참소를 받아 쫓겨났던 것을 빌어 재능이 있으면서도 펼칠 수 없었던 자신의 처지를 비유하여 불공평에 대한 분노를 표현하였다. 특히 쉬파리가 새벽닭을 어지럽히는 것에 대해 분노하여 그의 대담한 투쟁정신을 표현하였다. 세 번째 시는 비교적 함축적이다. "금과 글씨로 일생을 보내는琴書終一世" 왕희지王義之와 "깃발과 일산이 천하삼분의 위업을 우러르는旗蓋仰三分" 손권孫權을 서로 대비시켜 "유가 선비들이 신세를 많이 망쳤던 일儒冠多誤身"을 크게 탄식하였다. 사실 이러한 생각은 같은 시기에 쓴〈귀여운 아들의 시驕兒詩〉에 더욱 뚜렷이 나타나 있다. 이 시의의 마지막 단락에서는 "아들아 절대 아비처럼 글공부해서 과거시험일랑 보지 말아라.....마땅히 공을 세우고 높은 벼슬 받아야지 경전 한 권을 끌어안고 있어서는 안 된단다.兒愼勿學爺, 讀書求甲乙, … 當爲萬戶侯, 勿守一經帙"라는 감개로 끝맺었다. 시인은 자신의 참담했던 학문역정으로 말미암아 아들은 절대로 자신과 같은 전철을 밟지 않도록 교육시켰다. 즉 아들은 커서 병법을 배워 제왕의 장수로서 국가에 공로를 세울 것을 바랐다. 여기에는 쓰라린 불만이 숨어 있으며 아울러 나랏일을 근심하는 애국정신이

....

4) 孫征虜(손정로) : 손권(孫權)을 가리킨다. 조조가 표를 올려 손권을 정로장군으로 삼았다.
5) 王右軍(왕우군) : 동진의 대서예가인 왕희지(王義之). 그는 우군장군(右軍將軍)을 지냈다.

깃들어 있다.

넷째 다섯째 두 수는 회창 연간 중흥의 양상을 그리며 이덕유의 공적을 회고하면서 칭송하고 있다.

> 代北偏師銜使節,　　대주 북쪽의 별동대에서는 사절의 직함을 받고
> 關東裨將建行臺.　　함곡관 동쪽의 부장으로 행대를 설치했다.
> 不妨常日饒輕薄,　　평소에 설령 무시를 당하더라도 아랑곳 하지 않고
> 且喜臨戎用草萊.　　전쟁을 맞아 미천한 출신으로 기용된 것을 또한
> 　　　　　　　　　기뻐했다.

> 郭令6)素心非黷武,　　곽자의의 본심은 전쟁을 좋아한 것이 아니고
> 韓公7)本意在和戎.　　한국공의 본뜻도 이민족과의 화합에 있었다.
> 兩都耆舊偏垂淚,　　두 도성의 원로들 모두 눈물 흘린 것은
> 臨老中原見朔風.　　늘그막에 중원에서 북방의 풍속을 보게 되었기
> 　　　　　　　　　때문.

이상은은 계주 막부에서 정아를 대신하여 〈태위 위국공 회창일품집 서문太尉衛公會昌一品集序〉를 썼었다. 이 시에서 그는 이덕유의 공적을 힘껏 칭송하고 그를 "만고의 훌륭한 재상萬古之良相"이라고 찬미하였다. 다른 제재에는 다른 작법이 있는 법이다. 여기 넷째 수는 석웅石雄이 예비부대를 이끌고 위구르를 섬멸하고 택로澤潞를 평정했던 사례를 통하여 "미천한 출신草萊" 중에 인재를 가려 뽑는 데 능했던 이덕유의 미덕을 정성껏 묘사하고 전체의 주제와 밀접하게 연결시켰다. 마지막 수는 내용이 비교적 복잡하다. 앞의 두 구는 옛 일을 빌어 오늘을 비유하고 있다. 곽자의郭子儀가 토번과 화의를 맺고 장인원張仁愿이 돌궐突厥의 침입

----

6) 郭令(곽령) : 곽자의(郭子儀)를 가리킨다. 그는 숙종때 중서령을 지냈었다.
7) 韓公(한공) : 장인원(張仁愿)을 가리킨다. 중종때 그는 한국공(韓國公)에 봉해졌다.

을 방어했던 역사적 사실을 들어 이덕유의 역사적 공적에 대한 무고誣告를 변호하였다. 이는 당시 이덕유의 정책을 멋대로 중상모략하던 우당을 겨냥한 것이다. 뒤의 두 구는 대중 3년 토번이 3주州와 7관關8)으로 인해 침입해온 일을 묘사하였다. 시인은 "눈물 흘리네垂淚"와 "늙으막에 臨老" 등의 어휘를 두드러지게 하여 이덕유에 대한 그리움과 선종에 대한 은근한 비판을 나타내었다. 회창 연간에 이덕유는 이미 하황河湟수복을 위한 준비에 착수 했으므로 조정이 이덕유의 책략을 쓰기만 했더라면 하황 지역은 이미 수복되었을 것이기 때문이다.

〈즉흥시 5장〉은 비록 짧은 시이나 내용은 풍부하고 깊이가 있어 당시의 현실에 대한 선명한 태도가 나타나 있다. 이덕유가 타격을 받는 지위에 있고 우당의 위세가 한창 떠들썩할 때 이상은이 이처럼 강경하게 자신의 정치성향을 천명한 것은 분명 쉽지 않은 일이다. 〈즉흥시 5장〉의 구상이나 구성은 모두 두보의 〈장난삼아 지은 여섯 절구戲爲六絶句〉를 배운 것이다. 각각의 독립된 오언절구가 하나의 중심을 이루고 있어 형태가 산만해도 뜻은 산만하지 않다. 시인은 사실史實과 의론議論에 자신의 침울한 감정을 융합하여 농후한 서정적 분위기를 만들어냈다. 시어가 간결하고 의경이 함축되어 시인의 탁월한 예술재능을 충분히 보여준다.

〈즉흥시 5장〉 외에도 이상은은 〈위국공 이덕유李衛公〉·〈옛날 장군舊將軍〉 등 이덕유를 그리워하는 시를 적지 않게 써냈다. ≪옥계생문집玉

....

8) 3주와 7관 : 3주는 진주(秦州, 지방정부는 지금의 감숙성 천수시(天水市)에 있음), 원주(原州, 지방정부는 지금의 영하(寧夏)자치구 고원현(固原縣)에 있음), 안락주(安樂州, 지금의 영하자치구 중위(中衛), 중녕현(中寧縣) 일대). 7관은 석문(石門), 역장(驛藏), 목협(木峽), 제승(制勝), 육반(六盤), 석협(石峽), 소관(蕭關).

溪生文集≫서두에 덧붙여진 〈한유의 비문韓碑〉은 그중에서도 "휘황찬란한 걸작煌煌巨篇"이라고 예찬된다.

元和天子神武姿,	원화 시대 천자의 늠름하고 용감한 모습
彼何人哉軒與羲9).	저 분이 누군고 하니 헌원씨와 복희씨다.
誓將上雪列聖耻,	맹세코 위로 여러 성군의 치욕을 씻고자
坐法宮中朝四夷.	정전에 앉아 사방 번진을 조현하게 하셨다.
淮西有賊五十載,	회서에 도적이 든 것이 오십 년이라
封狼生貙貙生羆.	큰 이리가 살쾡이를 낳고 살쾡이가 말곰을 낳았다.
不據山河據平地,	산이나 강에서 살지 않고 평지에서 살며
長戈利矛日可麾.	긴 갈고리창과 날카로운 창이 해도 찌를 만했다.
帝得聖相相曰度,	황제가 뛰어난 재상을 얻으니 그 재상의 이름은 배도
賊斫不死神扶持,	자객이 베었어도 죽지 않은 것은 신명의 도움.
腰懸相印作都統,	허리에 재상의 인장을 차고 도통이 되어
陰風慘淡天王旗.	살벌한 바람 스산한 곳에 천자의 깃발을 나부꼈다.
愬武古通10)作牙爪,	이소·한공무·이도고와 이문통이 장군이 되고
儀曹外郞載筆隨.	예부원외랑도 붓을 들고 따라갔다.
行軍司馬11)智且勇,	행군사마는 지혜롭고 용감하며
十四萬衆猶虎貔.	십사만 군대는 호랑이나 비휴 같았다.

· ·

9) 軒與羲(헌여희) : 헌원씨(軒轅氏)와 복희씨(伏羲氏).
10) 愬武古通(소무고통) : 수당등삼주절도사(隨唐鄧三州節度使) 이소(李愬), 선무절도사(宣武節度使) 한홍지(韓弘之)의 아들 한공무(韓公武), 악악기안황단련사(鄂岳蘄安黃團練使) 이도고(李道古), 수주단련사(壽州團練使) 이문통(李文通).
11) 行軍司馬(행군사마) : 한유를 가리킨다.

入蔡縛賊獻太廟,	채주로 들어가 적을 포박하여 태묘에 바치니
功無與讓恩不訾12).	전공이 비할 데 없어 성은이 망극했다.
帝曰汝度功第一,	황제께서 "그대 배도의 전공이 으뜸이니
汝從事愈宜爲詞.	그대의 종사관 한유가 마땅히 글을 지을 지어다" 하셨다.
愈拜稽首蹈且舞,	한유가 절하고 머리를 조아린 뒤 발 구르고 손짓하며
金石刻畫臣能爲.	"금석문으로 묘사하는 것은 신이 능히 할 수 있사오나
古者世稱大手筆,	예로부터 세상에서 대수필이라 일컬은 바
此事不繫於職司.	이 일은 직무와도 관련이 없습니다만
當仁自古有不讓,	어진 일은 자고로 사용하지 않는 법입니다" 라 하니
言訖屢頷天子頤.	말을 마치자 천자는 누차 고개를 끄덕이셨다.
公退齋戒坐小閣,	공은 물러나 재계하고 작은 전각에 앉아서
濡染大筆何淋漓,	큰 붓을 적시매 얼마나 통쾌했던가.
點竄堯典舜典13)字,	요전과 순전의 문장도 활용하고
塗改淸廟生民14)詩,	청묘와 생민시도 고쳐썼다.
文成破體15)書在紙,	글은 파격적인 문체로 종이에 써서
淸晨再拜鋪丹墀,	맑은 새벽 재배한 뒤 돌계단에 펴놓았다.
表曰臣愈昧死上,	표를 올려 아뢰기를 "신 한유가 죽음을 무릅쓰고 올리건대
詠神聖功書之碑,	숭고한 전공을 노래하여 비석에 새겼나이다" 라 했다.
碑高三丈字如手,	비석의 높이는 세 길에 글자는 손 크기
負以靈鼇蟠以螭16).	신령한 거북이 등에 지고 이무기가 감쌌다.

• •

12) 訾(자) : 재다.
13) 《상서(尙書)》의 편명.
14) 《시경(詩經)》의 편명.
15) 破體(파체) : 행서의 변체.
16) 螭(리) : 고대 전설상의 뿔 없는 용.

句奇語重喩者少,	문구가 특이하고 표현이 장중하니 이해하는 자 적어
讒之天子言其私.	천자에게 참언하여 사사롭다 아뢰었다.
長繩百尺拽碑倒,	백 척 긴 새끼줄로 비석을 당겨 넘어뜨리고
麤砂大石相磨治.	거친 모래와 큰 돌로 갈고 다듬었다.
公之斯文若元氣,	공의 이 글에는 원기가 있는 듯
先時已入人肝脾.	이전에 벌써 사람들의 마음속에 스며들었다.
湯盤孔鼎有述作,	탕임금의 대야와 공씨의 세발솥에 명문이 있었는데
今無其器存其詞.	이제 그 기물은 없어졌어도 명문은 존재한다.
嗚呼聖皇及聖相,	아 성스러운 임금과 성스러운 재상
相與烜赫流淳熙17).	나란히 명성이 찬란히 전해진다.
公之斯文不示後,	공의 이 글을 후세에 보이지 않는다면
曷與三五18)相攀追.	어찌 삼황오제와 업적을 견주겠는가?
願書萬本誦萬過,	바라건대 만 편을 베껴 쓰고 만 번을 외워
口角流沫右手胝19).	입에서 거품이 나오고 오른손에 굳은살이 생겼으면.
傳之七十有三代20),	일흔세 세대가 지나도록 오래오래 전하여
以爲封禪玉檢21)明堂基.	봉선할 때의 옥첩문이 되고 명당의 기초가 되기를.

• •

17) 烜赫(훤혁) : 명성이 두드러진 것을 형용. 淳熙(순희) : 바르고 찬란하다.

18) 三五(삼오) : 삼황오제

19) 胝(지) : 굳은 살.

20) 七十有三代(칠십유삼대) : ≪사기·봉선서(封禪書)≫, "옛날에 태산에서 제사를 행하고 양부산에서 제사를 행한 자가 72가였다.(管仲曰:古者封泰山、禪梁父者, 七十二家)" 여기서는 당대(唐代)를 더하여 73대라 하였다. 【역자주】≪이의산시집≫에서는 "칠십이대"로 되어 있다. 의미상 만세토록 전해진다는 의미이다.

21) 封禪(봉선) : 고대 제왕이 자기의 "공업"을 선양하는 의식. 玉檢(옥검) : 봉선문서를 보관하는 문서함.

이는 한편의 서사고시敍事古詩이다. 서술배경은 다음과 같다. 중당 때 회서淮西의 번진 신申·광광光·채蔡 3주(지금의 하남성 신양시信陽市, 여남현汝南縣, 황천현潢川縣 일대)가 이희열李希烈이 이충신李忠臣을 내쫓고 이지역을 제압한 뒤로 진선기陳仙奇·오소성吳少誠·오소양吳少陽·오원제吳元濟를 거치면서 근 40년간이나 할거상태였다. 헌종憲宗 원화元和 연간에 재상 배도裴度를 영수로 한 주전파主戰派와 이봉길李逢吉 등이 격렬하게 논쟁하면서 회서淮西 지방에 군사를 파견하는 정책이 실시되었다. 원화 12년(817)에 배도가 직접 전방에 나가 전쟁을 독려할 것을 주청하였다. 12월에 당등唐鄧절도사 이소李愬를 따라 눈 내리는 밤에 병사를 이끌고 채주蔡州성을 공격하여 오원제吳元濟를 생포하고 4년 여간 지속되던 회서淮西 평정의 전쟁이 승리를 얻게 되었다. 개선한 뒤에 배도裴度는 금자광록대부金紫光祿大夫와 홍문관대학사弘文館大學士를 겸하였고 훈상주국勛上柱國의 작위를 하사받았으며 진국공晉國公에 봉해졌다. 이소는 산남山南의 동도東道절도사가 되었으며 양국공凉國公의 작위를 하사받았다. 헌종憲宗은 특별히 한유韓愈를 불러 〈회서 평정 비문平淮西碑〉를 짓게 하였다. 비문에는 통솔자 배도의 과단성 있는 결정과 혁혁한 공적이 상당히 많이 기술되어 일부사람들의 불만을 샀다. 결국 한유는 그가 지은 비문이 "글이 사실과 맞지 않는다碑辭不實"고 하여 쫓겨 났다. "헌종은 한림학사 단문창段文昌에게 비문을 다시 지어 새기라고 또 명하였다.憲宗又命翰林學士段文昌重撰文勒石"[22]

이상은은 비문을 바꾼 사건에 대해 비판적 입장이었다. 그는 회서淮西 평정 전투에서 승리할 수 있었던 것은 배도가 주동적으로 토벌정책을 추진시킨 데에 주된 원인이 있다고 여겼다. 이소의 전공이 물론 화려하

···················
22) ≪구당서(舊唐書)·한유전(韓愈傳)≫ 참고.

나 배도의 정확한 주장이 없었다면 회서의 평정은 단지 공론에 불과했을 것이다. 따라서 비문을 쓴다면 당연히 우선 배도의 공을 서술해야 했다. 또 하나 한유가 쓴 비문에서 배도를 "일등공신功第一"으로 둔 것은 본래 헌종의 의도였다. 헌종이 후에 다시 비문은 바꾸는데 찬성한 것은 자신의 결정을 부정한 것과 같다. 이상은이 〈한유의 비문〉시를 쓴 것은 한유가 사망한지 이미 20여년이 지난 때이므로 이 시는 당연히 단순한 영사詠史가 아니다. 선종이 이덕유의 공적을 부정한데 대한 불만을 담은데 현실적 의의가 있다. 대중 2년 7월에 조정은 능연각凌煙閣에 공신상功臣像을 그렸으나 회창 연간 정치적 업적이 탁월했던 이덕유는 거기에 포함되지 못했다. 이는 분명히 불공편한 처사였다. 이상은은 〈옛날 장군〉시에서 분개하여 "운대의 유명한 논의가 한창 떠들썩할 제 누가 그 때 도적을 소탕한 공적을 판정했을까?雲臺高議正紛紛, 誰定當日蕩寇功"라 말하였다. 〈한유의 비문〉에서 이상은은 배도의 뛰어난 공적을 뜨겁게 칭송하고 한유 비문의 영원한 가치를 찬미하였으나 실제로는 역시 이 사례를 빌어 이덕유에 대한 부당함을 호소한 것이었다.

이 시의 작법은 〈즉흥시 5장〉과 전혀 다르다. 즉 서술과 의론을 끼워넣은 수법을 사용하여 한유가 비문을 쓰던 엄숙한 장면과 비문이 후세에 전해지는 의미를 힘껏 과장하고 있다. 이러한 표현수법은 바로 한유가 산문의 필법으로 시를 쓰던 것에서 깊이 영향 받은 것으로 이상은이 전대 시인을 학습하는데 능했음을 말해준다.

짧은 칠언절구로 조를 이룬 〈즉흥시 5장〉과 장편의 칠언고시 〈한유의 비문〉은 다른 수법을 써서 같은 주제를 표현한 것이다. 즉 소인배들이 당파를 지어 사사로운 이익을 도모하는 것을 꾸짖고 이덕유의 공적을 칭송하고 있으니, 이들 작품은 이 시기의 대표작이라 할만하다.

그림 3_이의산시집李義山詩集

11 유분劉蕡, 두목杜牧과의 우정

이상은은 감정이 풍부한 시인으로, 당대 명사名士인 유분劉蕡 및 이상은
과 더불어 유명했던 시인 두목杜牧과 깊은 우정을 지니고 있었다.

유분은 만당 때 용감히 직언하기로 유명한 선비였다. 문종文宗 대화大
和 2년(828)에 그는 현량방정직언극간과시賢良方正直言極諫科試에 응시하
였다. 대책對策에서 그는 환관이 정국을 어지럽히는 현상에 대해 맹렬히
공격하고 문종에게 "당대의 어진 재상과 덕 있는 옛 원로대신들을 부르
시고, 변고에 대처하고 위기에서 구하는 꾀를 찾으며, 기운 것을 바로잡
고 어지러운 것을 구제하는 방도를 구하시고召當時賢相與舊德老臣, 訪持變
扶危之謀, 求定傾救亂之術" "나라의 권한을 들어 재상에게 돌리시고, 군대
의 지휘봉을 잡아 장수에게 돌리시라揭國權以歸其相, 持兵柄以歸其將"고 건
의하였다.[1] 시험관 풍숙馮宿과 가속賈餗, 방엄龐嚴 세 사람은 유분의 대
책을 보고 찬탄을 금치 못했다. 유분의 책문은 순식간에 소문이 퍼져
사대부들이 다투어 돌려보았으며 다들 통쾌하게 여겼다. 수많은 사람들

----

1) 두 당서(唐書)의 〈유분전(劉蕡傳)〉 참고.

이 눈물을 흘릴 정도로 감동하였다. 그러나 시험관들은 환관의 위세가 두려워 감히 등용하지 못했다. 이합李郃이라고 불리는 어떤 사람이 합격되었으나 이 소식을 듣고는 분개하여 "유분이 떨어지고 우리가 과거 급제하다니 참으로 염치없는 일이다!劉蕡不第, 我輩登科, 實厚顏矣"라 하였다.[2] 그는 자신에게 수여하려던 관직을 유분에게 주라고 간청하였으나 결과적으로 집정자에게 거절 당했다. 유분은 뒤에 영호초가 흥원興元의 막료로 불렀으며 영호초 사후에는 다시 우승유牛僧孺의 양양襄陽 막부에 들어갔다. 환관들은 유분이 감히 직언으로 간초한 일을 늘 마음에 두고 있었으므로 끊임없이 그를 모함하였다. 심지어 구사량仇士良은 그를 "미친 녀석瘋漢"[3]이라고까지 욕하였다. 마침내 유분은 유주柳州의 사호참군司戶參軍으로 폄적되어 사후 근60년만에야 겨우 억울한 누명을 벗을 수 있었다.

이상은과 유분은 흥원興元 막부에서 알게 되었다. 같은 정치적 관점과 지향을 가졌으므로 그들은 막역한 교분을 쌓게 되었다. 이상은은 유분의 꿋꿋하고 강직한 품성을 매우 존경하여 그를 자신의 훌륭한 스승이요 좋은 벗이라고 여겼다. 회창 원년(841)에 이상은이 강촌江村을 유람하고 다닐 때 황릉黃陵(지금의 호남성 상음현湘陰縣)에서 두 사람이 우연히 상봉한 적이 있었다. 이때 이상은이 〈사호 유분에게 주다贈劉司戶蕡〉시를 지었다.

▌江風揚浪動雲根,　　강바람이 파도를 일으켜 돌을 움직이고

....
2) 두 당서(唐書)의 〈유분전(劉蕡傳)〉 참고.
3) ≪옥천자(玉泉子)≫, "중위 구사량이 양사복에게 이르기를 '나라의 과거 시험에 이런 미친 녀석을 급제시켰으니 어찌한단 말인가?'라 하였다.(中尉仇士良謂嗣復曰 : '奈何以國家科第放此風漢耶?')"

重碇危檣白日昏.	높이 돛을 올린 배 묵직한 닻을 내리니 흰 해가 저문다.
已斷燕鴻初起勢,	연나라의 기러기가 처음 날아오르던 기세 이미 꺾였거늘
更驚騷客後歸魂.	시인처럼 돌아가기 어려운 혼백된 것에 더욱 놀란다.
漢廷急詔誰先入?	한나라 조정의 다급한 조서에 누가 먼저 입궐할까?
楚路高歌自欲翻.	초나라 길에서 고상한 노래로 스스로를 토로하고자 했다.
萬里相逢歡復泣,	만 리 밖에서 서로 만나 기쁘면서도 눈물이 났던 것은
鳳巢西隔九重門.	봉황의 둥지가 서쪽으로 아홉 겹 문이나 떨어져 있어서다.

강바람이 파도를 일으키고 산 위의 바위가 요동치고 하얀 태양이 어우러지고 위험한 돛배가 겹쳐 매어있는 모습을 묘사하여 유분이 환관과 싸우기가 매우 어려움을 상징하였다. 기러기가 기세를 잃고 굴원屈原이 쫓겨나는 비유를 써서 유분이 여러 차례 정치적 좌절을 겪었음을 비유하였다. 그러나 유분은 폄적된 뒤에 한대漢代의 가의賈誼처럼 장안으로 돌아오지 못하고 다만 초나라의 은사 접여接輿처럼 미친 사람의 노래로 어두운 현실을 폭로할 뿐이었다는 사실이 더욱 안타깝다. 유분에 대한 존경과 동정이 행간에 충만하다. "만 리 밖에서 서로 만나 기쁘면서도 눈물이 났던 것萬里重逢歡復泣"은 뜻밖에 다시 만났을 때의 희비가 교차하는 복잡한 심정을 나타낸다. 마지막에 주제를 끌어내고 있는데, 어진 신하가 조정에서 멀리 떨어져있고 나라의 앞날에는 어려움이 많으니 참으로 걱정스럽다는 것이다. 전체적으로 분노와 격정이 절절하고 풍격이 침울하고 비장하다.

유분은 황릉黃陵에서 이상은과 헤어진 뒤 그 이듬해 사망하였다. 흉보가 전해지자 이상은은 비통함을 금치 못하였다. 〈유분을 곡하다哭劉蕡〉시에서 그는 다음과 같이 말하였다.

上帝深宮閉九閽[4],	옥황상제의 깊은 궁궐은 아홉 문으로 잠겨 있고
巫咸[5]不下問銜寃.	무함도 원한 품은 사람에게 물어보려 내려오지 않는데
廣陵別後春濤隔,	황릉에서 헤어진 뒤 봄 강물을 사이에 두었고
湓浦[6]書來秋雨翻.	분포에서 부음이 올 때 가을비 쏟아졌다.
只有安仁[7]能作誄,	그저 반악이 있어 뇌문을 지을 뿐
何曾宋玉解招魂[8].	언제 송옥이 혼을 부를 수 있었던가.
平生風義[9]兼師友,	평소의 다정한 정에 스승과 벗을 겸했으니
不敢同君哭寢門[10].	그대와 동등하게 침실 문에서 곡할 수가 없다.

이 시는 예술적으로 특색 있는 만가挽歌로써 풍격이 침울하고 시어가 격렬하다. 옥황상제가 구문九門을 폐쇄하고 인간들의 억울함을 살피지 않는 묘사를 통해 통치자의 우둔함을 직접 고발하고, 유분이 억울하게 죽은 데 대한 극도의 비분을 표현하였다. 세 째, 네 째구는 황릉에서

· ·

4) 九閽(구혼) : 구문(九門). 천제(天帝)의 궁에는 아홉 겹의 문이 있다고 한다.
5) 巫咸(무함) : 전설상 은나라의 신무(神武).
6) 湓浦(분포) : 강 이름. 지금은 용개하(龍開河)라 부르며, 강서성 구강시(九江市)를 지나 장강으로 흐른다. 여기서는 심양(潯陽, 지금의 구강시)을 가리킨다.
7) 安仁(안인) : 서진의 문학가 반악(潘岳)의 자. 그는 "뇌(誄)" 문체를 잘 썼다.
8) 왕일(王逸)이 주를 단 ≪초사≫에서 〈초혼(招魂)〉을 송옥(宋玉)이 지은 것으로 보았다.
9) 風義(풍의) : 다정한 정.
10) 寢門(침문) : 내실의 문. ≪예기(禮記)·단궁상(檀弓上)≫에 스승을 조문할 때에는 내실로 들어가 곡을 하고, 벗을 조문할 때에는 침문 바깥에서 곡한다고 하였다.

이별한 뒤 그리워하던 일과 처음 흉보를 들었을 때의 비통함을 써서 두 사람의 진지한 우정을 반영하였다. 끝의 두 연은 죽은 벗에 대한 애도의 마음을 써서 유분에 대한 숭고한 경의를 충분히 드러내었다.

이 시외에 〈유주사호참군 유분을 곡하다 2수哭劉司戶二首〉·〈유주사호참군 유분을 곡하다哭劉司戶蕡〉 등도 모두 이 때 지은 시이다. 이처럼 거듭 애도의 뜻을 표하는 많은 시들은 유분에 대한 시인의 깊은 우정을 반영할 뿐만 아니라 만당의 부패하고 암담한 정국에 대한 고발도 되므로 중대한 정치적 의미를 지닌다. "아름다운 사람이 황제의 운수를 도우려 했다.有美扶皇運"[11], "모두 중흥에 있다고 한다.言皆在中興"[12]고 하였는데 이러한 포부와 재능을 지닌 지사志士와 현인賢人이 통치자의 신임과 중용重用을 얻지 못하고 박해를 받아 죽었다. 이는 유분 개인의 비극일 뿐 아니라 시대의 비극이기도 하였다.

두목杜牧은 이상은과 더불어 유명했던 만당시인이다. 그의 조부 두우杜佑는 중당 때의 이름난 재상이었다. 두목은 대화大和 연간에 진사에 급제하여 강서江西와 회남淮南의 막부에서 막료로 있었으며 후에는 감찰어사監察御史와 황주黃州(지방정부는 지금의 호북성 황강현黃岡縣에 위치)·지주池州(지방정부는 지금의 안휘성 귀지현貴池縣에 위치)·목주睦州(지방정부는 지금의 절강성 건덕현建德縣에 위치) 등지의 자사를 역임했다. 두목은 박학다식하여 ≪손자병법孫子兵法≫을 주해하기도 하고 실제 정치적 재능도 있었다. 번진의 할거에 반대하고 토번吐蕃을 반격하고 위구르를 공략하는 등의 문제에서 이상은과 견해가 일치하였다. 회창 연간에 재상 이덕유에게 위구르의 침입을 저지하고 택로澤潞 번진의

....

11) 〈유주사호참군 유분을 곡하다 2수(哭劉司戶二首)〉
12) 〈유주사호참군 유분을 곡하다(哭劉司戶蕡)〉

반란을 평정하기 위한 용병방안을 진술하는 글을 올려 이덕유에게 채택되었다. 대중 3년(849)에 두목은 장안에서 사훈원외랑司勳員外郎겸 사관수찬史館修撰에 제수되었다. 이에 두 시인이 만날 기회가 생겼다.

高樓風雨感斯文,   높은 누각에 비바람 치기에 이 문장에 느끼는 바
　　　　　　　　　　 있으니
短翼差池不及群.   짧은 날개가 차이 나 무리에 끼지 못했네.
刻意傷春復傷別,   봄을 아파하고 이별을 아파하는 데 마음을 쓴 것은
人間惟有杜司勳.   인간 세상에 오직 두목뿐이구나.

- <사훈원외랑 두목杜司勳>

　두목의 벼슬길은 이상은에 비하면 훨씬 순탄했다. 그러나 일세를 다스릴 재목으로 자부 하였으나 항상 포부를 펼칠 수 없어 탄식하곤 하였다. 그는 어지러운 시국을 근심하여 재능을 지니고도 기회를 얻지 못하는 내용의 작품을 적지 않게 썼다. 이상은의 이 시에서 두목의 작품과 그의 처지를 간단히 요약하면서 그의 시에 대해 매우 높은 평가를 내렸다. "마음을 쓴다刻意"는 두 자는 두목의 엄숙하고 성실한 창작태도와 깊이 있고 독특한 작품내용을 나타낸다. 두목시가의 주제를 "봄을 아파하고 이별을 아파하는傷春復傷別" 것으로 요약하였으나 실제로는 이상은 자신을 가리키는 말이기도 하다. 왜냐하면 어지러운 시국을 근심하여 불행한 운명을 탄식하는 것은 바로 이상은 시가의 중요한 주제이기 때문이다.
　<사훈원외랑 두목에게 드림贈司勳杜十三員外>에서도 이상은은 두목의 작품을 찬양하였다.

杜牧司勳字牧之,   두목 사훈원외랑께서는 자가 목지시고
淸秋一首杜秋詩.   맑은 가을에 한 수의 〈두추낭〉 시가 있습니다.
前身應是梁江總,   전생에는 양나라의 강총이었음에 틀림없으니
名總還曾字總持.   그는 이름이 총에다 자가 총지였습니다.
心鐵已從干鏌利,   마음속의 지략은 이미 간장과 막야의 예리함을
     따랐으니
鬢絲休歎雪霜垂.   귀밑머리에 눈과 서리가 드리워짐을 탄식하지 마
     십시오.
漢江遠弔西江水,   한강에서 멀리 강서의 물까지 조상하니
羊祜13)韋丹盡有碑.   양호와 위단에 모두 비석이 세워졌습니다.

"두추시杜秋詩"란 두목이 대화 7년에 지은 〈두추낭杜秋娘〉시를 가리키
는데 시풍이 맑고 고우며 당당하다. 위단韋丹은 원화元和 시기에 정치적
업적이 탁월했던 강서江西관찰사로서, 두목의 작품을 열거하면서 그의
재능을 높이 찬양하고 그는 이미 나라를 위해 능력을 발휘했으니 "귀밑
머리에 눈이 내림鬢生雪"14)을 비탄할 필요가 없다고 여겼다. 이 시는 앞
의 칠언절구와도 다르고 이상은의 기타 율시와도 다르다. 품격이 시원
스럽고 명쾌하며 시어는 청신하면서도 유창하다. 시인이 두목과 교제하
며 그의 영향을 받았음을 감지할 수 있다.

이상은은 유분과 두목에 대해 모두 깊고 두터운 우정을 지니고 있었
으나 비교해보면 두 사람에 대한 우정은 각기 뚜렷하게 구분되는 특징
이 있다. 유분에 대해서는 주로 그의 인품을 존경하여 그를 스승으로
대우했다. 이러한 우정은 숭배의 경향이 더 크다. 두목에 대해서는 주로

----

13) 羊祜(양호) : 진나라 명장. 양양(襄陽)을 다스렸는데, 죽은 뒤 양양 사람들이
    현산(峴山)에 비를 세워 그를 기념하였다.
14) 두목, 〈관아에서 홀로 마시며(郡齋獨酌)〉, "지난해에는 귀밑머리에 눈이 내리
    더니, 올해에는 수염에 서리가 앉았구나.(前年鬢生雪, 今年須帶霜)"

그의 시가와 재능을 칭찬하여 그를 시 짓는 벗으로 대우했다. 따라서 이 우정은 재능에 대한 흠모와 권고를 더 많이 내포하고 있다.

12 서주徐州막부에서

대중 3년(849) 10월에 이상은은 서주徐州자사 겸 무녕군武寧軍(지방정부는 서주徐州에 위치)절도사인 노홍지盧弘止[1]의 주청에 의하여 시어사侍御史급으로 서주徐州막부 판관判官이 되었다. 이 시기에 그의 사상과 정서 및 시가창작은 새로운 전기를 맞게 된다.

노홍지는 회창 연간에 이덕유의 중용重用을 받아 명을 받들어 하북삼진河北三鎭을 지휘하였다. 그는 이상은과 먼 친척이었으며[2] 일찍부터 왕래가 있었다. 대화 8년 노홍지가 소응현령昭應縣令 때에 이상은을 대접하면서 대중 앞에서 그의 시문을 칭찬했었다. 회창 5년 이상은이 상을 마치고 비서성에 다시 들어갔을 때, 노홍지는 당시 어사중승御史中承이었는데 이상은과 함께 곤란한 문제를 상의한 적이 있었다. 그러므로 이

....

1) 【역자주】 노홍지는 '노홍정(盧弘正)'이라 된 곳도 있다. 자는 자강(子强)이고 생졸년은 알려져 있지 않다.
2) 〈노상서에게 증조모의 묘지명을 청하는 글(請盧尙書撰曾祖妣志文狀)〉에서 노홍지의 형 노간사(盧簡辭)를 "우리 돌아가신 할머니의 조카(我祖妣之族子)"라 칭하였다.

상은은 이번에 서주막부로 들어갈 때 매우 기뻤다. "이 당시 연나라 소왕의 황금대가 있다는 말을 듣고 몸을 빼내 동쪽을 바라보니 마음의 눈이 열렸습니다. 잠시 왕찬의 종군시를 노래하며 도연명의 〈귀거래사〉를 읊지 않았습니다.此時聞有燕昭臺, 挺身東望心眼開. 且吟王粲從軍樂, 不賦淵明歸去來"3) 시인은 노홍지를 전국시대 인재를 불러 모은 연소왕燕昭王에 비유하고 자신이 막료로 초빙된 것을 큰 영광으로 생각하였다.

노홍지는 똑똑하고 빈틈없는 군사 전문가였다. 서주 군중軍中에는 "은칼銀刀"부가 있는데 오랫동안 제멋대로 행동하고 규범을 지키지 않아 관리하기가 어려웠다. 이에 여러 사령관들이 궁지에 몰려 쫓겨 났다. 노홍지는 부임한 뒤에 군기를 엄격하게 하여 재빨리 형세를 제압하였다. 그는 공명정대하여 군대의 신망을 얻었다. 막료들도 각기 자신의 장기를 발휘하여 사람들마다 마음이 편안하고 즐거웠다. 그러므로 이상은이 서주막부에 온 뒤 지은 시에는 예전에 볼 수 없었던 열정이 나타나 있다. 〈한고조의 묘당에 제하다題漢祖廟〉를 예로 들어보자.

乘運應須宅八荒4),　시운을 타면 응당 천하를 통일해야 할 것이니
男兒安在戀池隍5).　사내대장부가 어찌 고향 마을에 미련을 두랴.
君王自起新豊後,　유방이 스스로 신풍현을 만든 뒤에는
項羽何曾在故鄕.　항우가 언제 고향에 머물렀던가.

한고조漢高祖의 묘당은 패현沛縣 동쪽 옛 사수정泗水亭에 있다. 이상은은 고조의 묘를 유람하면서, 경치를 보고 마음이 움직여 이 시를 지었

─────────────────────

3) 〈운을 바꿔가며 즉흥적으로 72구를 지어 네 동료에게 주다(偶成轉韻七十二句贈四同舍)〉
4) 八荒(팔황) : 팔방의 매우 먼 곳.
5) 池隍(지황) : 성의 연못, 고향.

다. 한 고조 유방劉邦은 시세時勢를 이용하여 천하통일의 큰 뜻을 품고 사해四海를 한 집안으로 여겼다. 마침내 대업을 성취하고 관중關中에 고향의 양식대로 신풍현을 건설하였다. 반면 항우項羽는 고향을 그리워하여 서주에 도읍을 정하고 제후들에게 분봉分封하더니 결국 패망하였다. 이 시는 유방과 항우라는 두 역사적 인물의 대비를 통해 만당시기에 오직 즐거움만 향유하고 먼 앞날을 헤아리는 생각이 전혀 없었던 우둔한 황제들을 교묘하게 풍자하였다. 동시에 시인은 고향에 연연해하지 않고 큰일을 하기로 결심한 자신의 장대한 뜻을 기탁하였다. 이것이 바로 서주막료로 생활할 당시 그의 진실한 마음가짐이었다.

이 시기 이상은은 두 편의 장시長詩를 썼다. 한 수는 칠언고시〈우운을 바꿔가며 즉흥적으로 72구를 지어 네 동료에게 주다偶成轉韻七十二句贈四同舍〉이다. 이 시는 대중 원년 이래 서주徐州로 올 때까지의 과정과 경험 및 막료로 재직할 당시의 생각 등을 상세하게 서술하였다. 또 한 수는 오언고시〈장난삼아 추언의 초각에 32운을 쓰다戲題樞言草閣三十二韻〉로 이상은과 동료 이추언李樞言과의 우정을 그렸다. 두 편의 풍격이 모두 이전의 시와 같지 않은데, 여기서 이 시기가 바로 이상은이 시가예술에서 이전 사람의 경험을 계승하는 한편 새로운 탐색을 도모하던 때였음을 알 수 있다.

> 沛國東風吹大澤,　　패국에는 동풍이 큰 연못에 불어
> 蒲青柳碧春一色.　　갯버들과 버들이 푸르러 봄의 일색입니다.
> 我來不見隆準人6),　　저는 그간 콧잔등 높은 사람 만나지는 못하고
> 瀝酒空餘廟中客.　　술을 따르며 부질없이 사당의 손님으로 남았지요.
> 征東同舍鴛與鸞,　　정동장군 휘하의 동료들은 원앙과 난새

----

6) 隆準人(융준인) : 유방(劉邦)을 가리킨다.

酒酣勸我懸征鞍.	술자리 무르익자 제게 길 떠날 말은 매어두라 권합니다.
藍山寶肆不可入,	남전산 보석 가게에 들어갈 수 없는 것은
玉中仍是靑琅玕[7].	옥 중에서도 푸른 구슬들이기 때문이지요.
武威將軍使中俠,	무위장군은 절도사 중의 협객으로
少年箭道驚楊葉.	소년 시절 활 쏘는 곳에서 버들잎을 놀라게 했습니다.
戰功高後數文章,	전공이 높아진 뒤로는 문장을 논평하며
憐我秋齋夢蝴蝶[8].	제가 가을 서재에서 나비 꿈꾸는 것 안타까워 하셨지요.
詰旦天門傳奏章,	이튿날 아침 궁궐에서 공문이 전해지고
高車大馬來煌煌.	높은 수레와 큰 말이 휘황찬란하게 왔습니다.
路逢鄒枚[9]不暇揖,	길에서 추양과 매승을 만나서 인사할 겨를도 없이
臘月大雪過大梁[10].	12월 큰 눈 내릴 때 대량을 지났습니다.
......	

이는 〈운을 바꿔가며 즉흥적으로 72구를 지어 네 동료에게 주다〉시의 첫 째 단락이다. 시에서는 노홍지를 칭송하거나 노홍지와 시인들과의 교분을 주 내용으로 하는데, 시인의 경력을 덧붙이면서 이 두 가지를 긴밀하게 결합시키고 있다. 순서대로 서술해가는 가운데 엇섞여 변화를 주어 층차가 분명하면서도 기복이 있다. 시에 전고를 사용하였으나 결

· ·

7) 靑琅玕(청랑간) : 청옥. 여기서는 막부의 동료를 비유한다.
8) 夢蝴蝶(몽호접) : ≪장자(莊子)·제물론(齊物論)≫, "옛날에 장주가 나비가 되어 훨훨 날아다니는 꿈을 꾸었다..... 얼마 후에 깨었는데, 그제서야 자기가 장주인 줄 깨달았다. 그러나 장주의 꿈에서 나비가 된 것인가, 나비의 꿈에서 장주가 된 것인지 알지 못하였다.(昔者莊周夢爲蝴蝶, 栩栩然蝴蝶也....俄而覺, 則蘧蘧然周也. 不知周之夢爲蝴蝶與? 蝴蝶之夢爲周與?)" 여기서는 이를 빌어 이상이 꿈이 되었음을 형용하였다.
9) 鄒枚(추매) : 서한의 저명한 문학가인 추양(鄒陽)과 매승(枚乘)
10) 大梁(대량) : 전국시대 위나라의 도성. 지금의 하남성 개봉시(開封市).

코 난해하지는 않으며 시어가 호매하면서도 산뜻하여 글이 자유롭고 유창하다. 씩씩하고 격앙된 시의 품격으로 볼 때 분명히 칠언가행체를 써서 종군생활을 서술했던 고적高適·잠삼岑參과 같은 성당盛唐의 기운이 있다. 이는 이상은 시가에서 보기 드문 점이다.

〈장난삼아 추언의 초각에 32운을 쓰다〉의 정조는 비교적 경쾌하다. 이 시는 이추언李樞言의 호탕하고 거침없는 성격과 명사名士적 풍도를 묘사하고 있다.

我有苦寒調,	나는 〈고한행〉 가락을 가지고 있고
君抱陽春才.	그대는 〈양춘백설〉의 재주를 품고 있습니다.
年顏各少壯,	나이와 얼굴로는 각자 젊은 장년이라
髮綠齒向齊.	머리카락 푸르고 이도 아직 가지런합니다.
我雖不能飮,	나는 비록 술을 마시지 못하나
君時醉如泥.	그대는 때때로 취하여 고주망태가 됩니다.
政靜籌畵簡,	정무가 한가로워 공문 올릴 일 적으니
退食多相攜.	퇴근 후에는 서로 어울리는 일 많습니다.
掃掠走馬路,	말 달릴 길 쓸어서 정비하고
整頓射雉翳.	꿩 사냥에 쓸 은폐물을 정돈합니다.
春風二三月,	봄바람 불어오는 이삼월
柳密鶯正啼.	버드나무 무성해지고 꾀꼬리 한창 울어댑니다.
淸河在門外,	맑은 시내가 문 밖에 있어
上與浮雲齊.	위로 뜬 구름과 가지런하지요.
欹冠調玉琴,	갓을 기울이고 옥금을 골라
彈作松風哀.	솔바람의 슬픔을 뜯어봅니다.

주의해야 할 것은 이상은은 이때 38세로서, 이전의 글 중에 이미 백발을 슬퍼하는 탄식이 있었음에도 불구하고 이 시에서는 오히려 "나이와 얼굴로는 각자 젊은 장년이라, 머리카락 푸르고 이도 아직 가지런합니

다.年顔各少壯, 髮綠齒尙齊"라고 읊었다는 사실이다. 풍호는 이에 대해 서
주 막부에서 "생활하는 것이 조금 즐거워졌기所寓稍足樂也" 때문이라고
여겼다. 이 시의 마지막에 "옛 시는 누가 지었답니까? 늙고 나이 먹으면
오히려 슬프다고.古詩何人作? 老大猶傷悲"라 말한 것은 이 시기에 이상은
의 성취욕이 매우 강했음을 보여준다. 이 시는 섬세하고 생생한 정경情
景 묘사와 소박하고 자연스러운 시어, 옛스럽고 우아한 리듬과 순하고
진한 맛이 있어 한대 악부시의 풍격을 지닌다.

이 시기에 이상은은 유명한 시인 온정균溫庭筠과 교제하였다. 온정균
은 〈가을날 여관에서 시어 이상은에게 부쳐秋日旅舍寄義山侍御〉[11]시를
써서 서로 증답하였다. "한줄기 강물 위성 너머로 아득히 흘러가는데
위성의 풍물은 촌락과 비슷하네. 가을 귀뚜라미 문득 울어 베틀 북 재촉
하고 먼 곳 날아갈 기러기 막 이르니 형제 그립네.一水悠悠隔渭城, 渭城風
物近柴荊. 寒蛩乍響催機杼, 旅雁初來憶弟兄" 여기에서 이 두 사람의 감정이 매
우 깊었음을 알 수 있다. 온정균의 자는 비경飛卿으로, 당시 이상은과
함께 이름을 나란히 하여 "온리溫李"라고 불려졌다. 실제로 온정균의 시
가성취는 이상은에 비할 바가 못 된다. 그러나 그는 사詞를 잘 지어서
높은 예술성취를 이룩했으며 결국 만당 오대 화간사파花間詞派의 창시자
가 되었다. 두 ≪당서唐書≫ 본전에 의하면 그는 일상생활의 사소한 일
에 얽매이지 않고 정치적으로도 권세가에게 아첨하지 않았으며 결국 영
호도에게 죄를 지어 그의 박해를 받았다고 한다. 아마도 이러한 연유로
온정균과 이상은의 관계가 비교적 친밀해질 수 있었던 것 같다.

이상은이 온정균에게 준 시로 현존하는 작품은 두 수 뿐이다. 하나는

....

11) 이상은은 다만 서주막부 때에 시어사라는 직함을 가졌다. 그러므로 온정균의
시는 필시 이 시기에 지어졌을 것이다.

재주梓州에서 쓴 〈온정균을 그리워하다有懷在蒙飛卿〉이다. 이 시중 "그리
워하는 이 오직 시문에서만 대할 수 있으니, 오래전부터 편지를 기다렸
다오.所思惟翰墨, 從古待雙魚12)"라는 구절은 온정균에 대해 이상은이 깊은
우정을 지니고 있었음을 보여준다. 다른 하나는 〈노헌경의 흉사를 듣고
곡하며 온정균에게 부치다聞著明凶問哭寄飛卿〉로, 저명著明은 바로 노헌
경盧獻卿의 자이다. 노헌경은 대중 연간 진사에 합격하고 〈민정부愍征
賦〉를 지어 명망을 일세에 드날렸다. 그러나 권세가들의 배척을 받아
재주를 지니고도 시종 기회를 얻지 못하였다. 세 사람의 처지가 비슷하
였으므로 이상은은 저명이 죽었다는 소식을 듣고 죽은 자에 대한 깊은
애정과 현실에 대한 불만이 스며있는 시를 지어 온정균에게 부쳤다.

昔歎讒銷骨,	옛날엔 참언이 뼈를 녹인다 탄식했었고
今傷淚滿膺.	지금은 눈물이 가슴에 가득한 것에 마음 상한다.
空餘雙玉劍,	부질없이 한 쌍의 보검만 남았고
無復一壺冰13).	다시는 얼음 같은 고결한 기개 없게 되었다.
江勢翻銀礫,	강물의 기세는 은빛 조약돌 뒤집을 듯 거셌고
天文露玉繩14).	천문은 옥승을 보여주었지.
何因攜庾信15),	언제야 유신을 이끌고 가서
同去哭徐陵16)?	함께 가서 서릉을 위해 곡을 할고?

. . . .

12) 雙魚(쌍어) : 서신.
13) 一壺冰(일호빙) : 순결한 것을 비유하는데, 여기서는 노헌경을 가리킨다.
14) 玉繩(옥승) : 별 이름. 북두칠성 중 하나.
15) 庾信(유신) : 자는 자산(子山), 북주(北周)의 문학가. 처음엔 양나라에서 벼슬
    했는데 후에 서위, 북주를 거쳤고 관직은 표기장군(驃騎將軍)·개부의동삼사
    (開府儀同三司)에 이르렀다.
16) 徐陵(서릉) : 자 효목(孝穆), 남조 양진(梁陳) 시기의 문학가. 양나라 때 동궁학
    사(東宮學士)를 지내며 유신과 함께 궁정문학을 대표하였다. 진나라 때 상서
    좌복야(尚書左僕射)·단양윤(丹陽尹)·중서감(中書監)을 지냈다.

예로부터 얼마나 많은 재인才人들이 참소를 받아 죽었는가. 이런 사실에 시인은 한탄을 금치 못하였다. 이제 또다시 한 지사志士가 쫓겨나 죽었다. 더구나 그는 자신의 좋은 벗이었다. 유물이 비록 있다 해도 시체는 이미 차가와져 시인의 마음을 아프게 하였다. 시인의 비통한 심정은 마치 강물이 뒤집혀 치솟듯이 억누를 수 없었다. 그는 노헌경 문장이 별처럼 찬란하여 그가 죽었다 해도 결코 사그라들지 않으리라 여겼다. 그러므로 그는 온정균에게 함께 가서 이 불행한 친구를 조문하자고 청한다. 시의 정감이 진지하고 감동적이어서 그들 세 사람의 깊은 우의를 볼 수 있다.

이상은이 서주막부에 있었던 것은 1년 정도였다. 대중 5년(851)에 노홍지는 불행히도 서주에서 병사하였다. 이상은이 포부를 실현하려던 희망은 또다시 깨어졌다. 그는 비통한 심정을 안고 서주를 떠날 수밖에 없었다.

13 처량한 재주梓州생활

　　대중大中 5년(851) 봄과 여름사이에 이상은은 장안으로 돌아갔다. 생계의 압박으로 인해 그는 영호도에게 누차 부탁하지 않을 수 없었으며 마침내 태학박사太學博士의 자리에 보충되었다. "국자감 태학太學에서 일을 주관하고 경서를 강의하였다. 옛 법도를 설명하고 태학생들에게 글 짓기를 가르쳤다.在國子監太學主事講經, 申誦古道, 敎太學生爲文章"[1] 그해 7월에 유중영柳仲郢이 재주梓州(지방정부는 지금의 사천성 삼태현三台縣에 위치)자사 겸 동주東州절도사로 전임되었다. 유중영은 이미 이상은과 안면이 있어서 그의 아들 유벽柳璧이 쓴〈마외시馬嵬詩〉를 이상은이 칭찬한 적도 있었다.[2] 그는 이상은을 검교공부낭중檢校工部郎中급으로 막부幕府 장서기掌書記 삼기를 주청하였으며 이상은도 기꺼이 받아들였다. 그러나 이때 이상은은 또다시 심각한 타격을 받게 되었으니 그의 부인 왕씨王氏가 불행히도 세상을 떠나고 어린 두 남매만 남겨 놓게 되었다.

....

1) ≪번남을집 서문(樊南乙集序)≫
2) ≪구당서(舊唐書)·유벽전(柳璧傳)≫

이상은과 부인의 애정은 극히 깊어서 결혼 후 왕씨는 줄곧 남편을 따라 청빈한 생활을 했었다. "모시옷과 흰비단 허리띠, 우아한 모양이 교오僑吳에 비길 만하며, 가시나무 비녀와 베치마, 고상한 뜻이 양홍梁鴻과 맹광孟光에 어울렸다.紵衣縞帶, 雅況或比于僑吳; 荊釵布裙, 高義每符于梁孟"3) 이상은이 모친상 중일 때는 왕씨도 그와 함께 영락에 있었다. "앞에서 밭 갈고 뒤에서 들밥 내가며, 하루 양식으로 이틀을 먹고 한 벌 옷으로 바꿔 입었다. 시기하지도 않고 욕심 부리지도 않으니, 도가 진실로 여기에 있다.前耕後餉, 幷食易衣. 不忮不求, 道誠有在"4) 이상은이 혼자 계주 막부로 갔을 때 왕씨는 집에서 자식들을 부양하였다. 그녀는 비록 허약하고 병치레가 잦았으나 정직하고 선량하며 슬기롭고 친절하여 시인을 내조하기에 더할 나위없는 아내였다. 이상은은 벼슬살이 중 좌절할 때면 그녀에게서 격려와 희망을 얻었다. 또 당쟁 소인배들의 모함을 받을 때엔 그녀에게서 동정과 위안을 받곤 하였다. 이상은이 정치적 포부를 펴내고 어두운 정치현실을 비판할 때면 그녀가 가장 좋은 벗이었다. 이제 갑자기 그녀를 잃게 되자 이상은은 완전히 비통의 심연으로 빠져버렸다.

왕씨가 죽은 뒤 이상은은 애통을 금치 못하는 도망시悼亡詩를 수없이 썼다. 〈방중곡房中曲〉을 예로 들어 보자.

薔薇泣幽素,	장미는 조용히 울고
翠帶花錢小.	푸른 띠에는 꽃들이 동전처럼 작구나.
嬌郞癡若雲,	귀여운 아이는 구름처럼 우두커니
抱日西簾曉.	해를 안고 서쪽 주렴 가에서 아침을 맞는다.
枕是龍宮石,	베개는 용궁의 신비한 돌인 듯

....

3) 〈장인 사도공에게 거듭 드리는 제문(重祭外舅司徒公文)〉
4) 〈장인 사도공에게 거듭 드리는 제문(重祭外舅司徒公文)〉

割得秋波色.	가을 물결 같은 색을 나눠주고 있거늘.
玉簟失柔膚,	옥 자리는 부드러운 살갗을 잃은 채
但見蒙羅碧.	그저 푸른 비단 이불에 덮여 있네.
憶得前年春,	기억하건대 지난 해 봄에는
未語含悲辛.	말도 못하고 쓰라린 슬픔만 안고 있었네.
歸來已不見,	돌아와 보니 이미 당신은 보이지 않고
錦瑟長於人.	비단 거문고만 사람보다 오래 사는 구료.
今日澗底松,	오늘은 계곡 아래 소나무였다가
明日山頭蘗.	내일은 산꼭대기의 황벽나무 되겠네.
愁到天地翻,	근심스러운 것은 천지가 뒤집히는 때 되어
相看不相識.	서로 보아도 알아보지 못할까 함이로세.

이 시의 앞 네 구는 결혼 후의 행복했던 생활을 묘사하였다. 그 뒤 네 구는 왕씨가 죽은 뒤 "베개를 보면 마치 맑은 눈동자를 대하는 듯하고, 이불을 보나 옥 같은 몸매를 찾을 길 없음賭枕而如見明眸, 見被而難尋玉體"을 서술하였다.(풍호馮浩의 해설) 이어서 물건들은 그대로이나 사람만 없음을 말하였다. 마지막으로 "계곡 아래 소나무澗底松"와 "산꼭대기의 황벽나무山頭蘗"로써 자신의 곤경을 형용하였다. 이는 사랑하는 부인을 잃고 홀로 세상을 헤쳐 나가는 고통을 참기 어렵다는 의미이다.

또 다른 시로 〈처남 왕십이와 원외랑 한외지가 나를 방문하여 작은 술자리에 초대했으나 당시 나는 상처한 지 얼마 안 되어 가지 않기로 했기에 부치다王十二兄與畏之員外相訪見招小飮時予以悼亡日近不去因寄〉가 있으며 이 역시 왕씨에 대한 시인의 깊은 애정을 반영하였다.

謝傅門庭舊末行,	사안의 집안에서 말석을 차지한 지 오래지만
今朝歌管屬檀郎.	오늘 아침의 노래와 음악은 단랑의 것이라오.
更無人處簾垂地,	그 아무도 없는 곳에 주렴만 땅에 드리워져 있고
欲拂塵時簟竟牀.	먼지 털어내려는 때 대자리 침상에 깔려 있었오.

> 嵇氏幼男5)猶可憫,　혜강의 어린 아들 아직도 가련한데
> 左家嬌女6)豈能忘.　좌사의 예쁜 딸 어찌 잊을 수 있을까?
> 秋霖腹疾俱難遣,　가을장마와 복통은 모두 떨치기 어려운데
> 萬里西風夜正長.　만 리에 부는 서풍에 밤은 마냥 길기만 하다오.

　왕십이王十二는 이상은의 손윗 처남이며 외지畏之는 한첨韓瞻이다. 그
들이 시인을 방문하여 술 한 잔 마시자고 청한 것은 슬픔을 덜어주려는
뜻이었다. 그러나 이상은은 거절하는데, 수련부터 매우 곡절하다. 자신
은 원래 왕무원의 여러 사위가운데 막내로서 연회가 있으면 반드시 아
내와 함께 즐겼는데 이제 혼자서 어떻게 연회를 가겠느냐는 뜻이다. 지
금 이러한 일은 오직 한첨에게만 어울린다. 처량하고 비통한 마음이 말
밖에 드러난다. 가운데 두 연은 냉랭하고 텅 빈 실내와 어머니를 여의고
돌볼 이 없는 아들딸을 묘사하였다. 마지막으로 가을비 내리는 가운데
슬픔에 찬 사람, 마음속의 숨겨진 고통, 만 리 밖에서 불어오는 서풍,
끝없이 길고 긴 밤 등을 통해 시인의 해결할 수 없는 적막한 고통을
암시하고 암흑정치의 시인에 대한 박해를 곡진하게 반영하였다.
　그해 겨울 이상은은 재주로 떠났다. 출발에 앞서 남매를 한첨에게 맡
겼다. "서울에서 사천까지는 삼천 리 길 배웅하느라 함양에 도착하면
석양을 보겠지.京華庸蜀三千里, 送到咸陽見夕陽"7) 언제쯤 집에 돌아올 수 있
을지 모른다는 데 생각이 미치자 시인의 심정은 더욱 처량해졌다. 촉蜀으
로 들어가는 산관散關에 이르렀을 때 큰 눈이 내렸다. 역사驛舍에 머물고

---

5) 嵇氏幼男(혜씨유남) : 삼국시대 시인 혜강(嵇康)의 아들 혜소(嵇紹)는 10세에
　고아가 되었다. 여기서는 자신의 아들을 가리킨다.
6) 左家嬌女(좌가교녀) : 서진의 시인 좌사(左思)의 〈교녀시(嬌女詩)〉에서 "우리
　집에 예쁜 딸이 있으니 달덩이처럼 아주 뽀얗고 깨끗하다네(吾家有嬌女, 皎皎
　頗白晢)"라 하였다. 여기서는 자신의 딸을 가리킨다.
7) 〈재동의 직책으로 나가면서 한첨에게 남기다(赴職梓潼留別畏之員外同年)〉

있던 이상은은 몽롱한 가운데 아내가 마침 베틀 옆에서 그의 겨울옷을 짓는 것이 보였다. 깨고 나서야 꿈이라는 것을 알았다.

劍外8)從軍遠,　　검문관 밖 멀리서 종군하는데도
無家與寄衣.　　옷을 부쳐줄 집사람이 없구나.
散關三尺雪,　　산관에 내린 눈 석 자
廻夢舊鴛機.　　예전의 베틀을 회상하며 꿈꿨네.

<애도한 뒤에 동촉의 초빙에 가다가 대산관에 이르러 눈을
만나다悼傷後赴東蜀辟至散關遇雪>

　　겨우 20자 속에 부인을 잃은 외로움과 처량함, 먼 길을 가는 어려움 및 이리저리 떠돌아다니는 고통을 담고 있다. 함축적이고 곡절하면서도 자연스러운 조화를 이루고 있다.

　　재주에서 이상은의 마음을 줄곧 죽은 아내의 그림자를 맴돌고 있었으므로 "지극히 슬픈 내용과 지극히 고운 시어意極悲, 語極艶"를 가진 소시小詩를 수없이 썼다. 〈서계西溪〉·〈3월 10일 유배정에서三月十日流杯亭〉·〈밤에 서계로 나오다夜出西溪〉·〈가랑비에 시를 지어 예부상서 하동공께 바치다細雨成詠獻尚書河東公〉 등 여러 편중에서도 〈하늘 가天涯〉·〈서계〉가 가장 대표적이라고 할 수 있다.

春日在天涯,　　봄날 하늘가에 있는데
天涯日又斜.　　하늘가인데다 태양까지 또 저문다.
鶯啼如有淚,　　우짖는 꾀꼬리야, 네게 눈물 있다면
爲濕最高花.　　나를 위해 제일 높은 꽃가지를 적시어다오.

<하늘 가>

....

8) 劍外(검외) : 검각(劍閣, 지금의 사천성 검각현(劍閣縣) 북쪽. 즉 대·소검산 사이의 잔도)의 남쪽. 여기서는 재주(梓州)를 가리킨다.

悵望西溪水,	슬피 서계의 물을 바라보나니
潺湲奈爾何.	콸콸 흐르는 너를 어찌 할까?
不驚春物少,	봄날의 경물이 적은 것 놀랍지 않으나
只覺夕陽多.	다만 석양이 많다고 느끼게 되네.
色染妖韶柳,	색채는 아름다운 버들을 물들였고
光含窈窕蘿.	빛은 예쁜 등나무 덩굴을 머금었네.
人間從到海,	인간세상에서는 바다까지 흘러가더라도
天上莫爲河.	하늘에서 은하수가 되지는 말아라.
鳳女彈瑤瑟,	봉녀가 옥 슬을 타는 듯
龍孫撼玉珂9).	용손이 옥 굴레를 흔드는 듯
京華他夜夢,	간밤에 꾼 장안의 꿈
好好寄雲波.	정성스레 물결에 부쳐보네.

<서계>

시인은 풍경에 정감을 융화시켜 봄빛을 매우 처량하게 써냈다. 인간
세상에 봄이 왔는데 사람은 하늘 끝에 있다. 흐르는 물은 사람의 마음을
헤아리지 못하며 석양은 더더욱 우수로 가슴을 가득 채운다. 이제 용의
손자와 봉황처녀는 이미 속세와 천상으로 갈라졌으며 오직 꿈속에서만
이 과거의 사랑을 재현할 수 있다. 눈물을 떨굴 정도로 써서 독자가 깊
이 감동할 정도이다. 유중영은 〈서계〉시를 읽은 뒤에 특별히 화답하는
시를 지어 시인을 위로하고 아울러 장의선張懿仙이라고 불리는 기녀를
보내어 짝을 이루게 하였다. 그러나 이상은은 완곡한 말로 사절하였다.
그는 〈이부인 3수李夫人三首〉를 써서 혼자 사는 사람은 응당 짝을 구해
야겠지만 "달 지고 나니 별을 대신하게 하는月沒敎星替" 경우는 있을 수
없다고 말하였다. 여기에서 부인에 대한 이상은의 깊은 충정을 엿볼 수
있다.

· ·

9) 玉珂(옥가) : 말굴레에 달린 장식물. 여기서는 나그네를 가리킨다.

대중 7년(853) 10월에 재주 막부에 양주楊籌라는 관리가 새로 왔다. 자는 본승本勝이라 했다. 그는 장안에서 이상은의 아들 곤사袞師를 만난 적이 있다고 말하여 다시 이상은의 마음을 흔들어 놓았다. 그는 만감이 교차하여 〈양주가 장안에서 어린 아들 곤사를 보았다고 말하다楊本勝說 於長安見小男阿袞〉라는 시를 썼다.

聞君來日下10),　　　듣자하니 그대 장안에서 오면서
見我最嬌兒.　　　　내가 가장 사랑하는 아들을 보았다지.
漸大啼應數,　　　　점점 나이를 먹으면서 우는 일 잦을 터이고
長貧學恐遲.　　　　늘 가난하니 배움도 아마 더디리라.
寄人龍種瘦,　　　　남에게 맡긴지라 제왕의 후손이라도 깡마르고
失母鳳雛癡.　　　　어미를 잃은지라 봉황의 새끼라도 아둔해지겠지.
語罷休邊角11),　　　말을 마치니 변방의 화각 소리도 그치고
靑燈兩鬢絲.　　　　푸른 등에 비치는 두 가닥 귀밑머리.

그는 아들이 장차 자라나 철이 들어 아버지는 외지를 떠도는 지방관 이요 어머니는 돌아가셨으며 집안을 빈궁하여 남의 울타리아래 기거한 다는 것을 알게 되면 반드시 슬퍼울어 초췌하고 우둔하게 되리라고 생 각했다. 이상은은 하루 종일 근심하면서 푸른 등불아래 자신의 양쪽 살 쩍머리가 백발이 되었음을 발견하였다. 죽은 아내를 그리워하고 자식을 불쌍히 여기는 깊은 마음이 행간에 스며있다.

슬픔과 침울함, 건강상의 이유로 인해 재주 막부에서 이상은은 불교 에서 위안을 구하기 시작하였다. ≪번남을집 서문樊南乙集序≫에서 그는

....

10) 日下(일하) : 장안.
11) 休邊角(휴변각) : 화각(畫角) 부는 소리가 그치다. 하늘이 이미 저물었음을 가리킨다.

말한다, "삼년동안 집안의 도를 잃어버리고 평소에도 소홀하여 즐겁지 않았는데 비로소 마음을 극복하고 부처를 섬기게 되었다. 바야흐로 종을 치고 땅을 쓸며 청량한 산행자가 되길 원한다.三年以來, 喪失家道, 平居忽忽不樂, 始克意事佛. 方願打鐘掃地, 爲淸凉山行者." 이상은은 이렇듯 경건하고 정성스럽게 불교에 귀의하였다. 그는 스스로 재산을 준비하여 장평산長平山 혜의정사慧義精舍 경장원經藏院에 특별히 5칸의 석벽을 지었다. 금색 글자로 ≪묘법련화경妙法蓮花經≫7권이라고 새기고 유중영에게 부탁하여 〈금자법화탑기金字法華塔記〉를 편찬해달라고 부탁하였다.12) 대중 7년(853)에 유중영은 사증당四證堂을 지었으며 이상은은 〈당 재주 혜의정사 남선원 사증당 비명과 서문唐梓州慧義精舍南禪院四證堂碑銘幷序〉을 썼다. 당시 그는 몇몇 승려들과도 자주 왕래하며 교분을 가지고 항상 그들을 위해 〈백석 연화대에 제하여 초공에게 부치다題白石蓮花寄楚公〉·〈승벽에 제하다題僧壁〉와 같은 시를 써주었을 뿐만 아니라 명망 있던 고승高僧 지현知玄과도 절친하여 그의 제자가 되기를 희망하였다. 이 모두가 시인이 당시 불교에 상당히 심취했었음을 보여준다.

재주시기는 이상은 시가창작에서 또 하나의 번영시기였다. 도망시悼亡詩 외에도 그는 적지 않은 유명한 정치시를 썼다. 이러한 작품들에서 나라에 보답하려는 시인의 웅장한 마음과 뜻을 어렴풋이 볼 수 있다. 다만 개인적인 경험으로 말미암아 시에 퇴폐적이고 소극적인 요소가 첨가되기도 하였다.

....

12) 〈하동공께 올리는 장계 2수(上河東公啓二首)〉

井絡天彭13)一掌中,	민산과 천팽궐이 한 손바닥에 있는데도
漫誇天設劍爲峰.	하늘이 칼을 세워 봉우리를 만들었노라 함부로 뽐낸다.
陣圖東聚燕江口,	팔진도는 동쪽 연강 입구에 모여 있고
邊柝西懸雪嶺松14).	변방의 딱다기는 서쪽 설령의 소나무에 걸려 있다.
堪歎故君成杜宇15),	망제가 두견새 되었던 것도 탄식할 만한데
可能先主16)是眞龍.	어찌 유비가 진짜 용이었겠는가?
將來爲報姦雄輩,	이로써 간웅의 무리들에게 알리노니
莫向金牛17)訪舊蹤.	금우도에서 옛 발자취를 찾지 말아라.

<정락井絡>

이 시는 할거하는 무리들을 꾸짖은 작품이다. 안사의 난 이후 촉蜀땅
에는 항상 반란군이 창궐하였는데 "간웅姦雄"의 무리들이 험준한 촉의

....

13) 井絡(정락) : 정수(井宿)가 감싸는 범위. 정은 별자리 이름으로, 28수 중 하나
이다. 고대에는 땅의 각 주군과 하늘의 별자리의 위치를 상응시켰는데, 이를
분야(分野)라 한다. 여기서는 민산(岷山)을 가리킨다. 좌사(左思)의 〈촉도부
(蜀都賦)〉에 "멀리로 민산의 정수는 위로 정수의 분야다(遠則岷山之精, 上爲
井絡)"라 하였다. 天彭(천팽) : 천팽문을 가리킨다. 지금의 사천성 관현(灌縣)
에 있다. 두산이 마치 대궐처럼 서 있어서 천팽궐(天彭闕)로 불리기도 한다.
14) 雪嶺松(설령송) : 설령(雪嶺)과 송주(松州). 설령은 설산(雪山)으로 송주 가성현
(嘉誠縣, 지금의 사천성 송반현(松潘縣)) 동쪽 80리에 있다. 송주의 지방정부는
가성에 있다. 당시 이 일대는 당나라와 토번의 경계였다. 【역자주】저자는
'송'을 송주로 보았으나, 시에서 딱따기를 걸어두었다는 곳으로는 '소나무'로
푸는 것이 더 적합한 것 같아 수정하였다.
15) 杜宇(두우) : 두견새. 고대 전설에, 주나라 말 촉국(蜀國)의 국왕인 망제(望帝)
두우가 나라를 잃고 죽은 뒤 두견새가 되었다 한다.
16) 先主(선주) : 삼국시대 때 촉에서 칭제(稱帝)한 유비(劉備)를 가리킨다.
17) 金牛(금우) : 금우도(金牛道). 지금의 섬서성 면현(勉縣)에서 사천성 검문(劍
門)으로 통하는 길이다. 전국시대 진 혜문왕이 촉을 치고 싶었는데, 산길이
험하자 돌 소를 다섯 마리를 만들어 소 엉덩이에 금칠을 해두고는 금을 쌀
수 있다고 말해 촉왕을 속였다. 촉왕은 다섯 장정을 보내 길을 트고 소를 끌고
왔는데, 진나라 군사들이 그를 따라 들어와 촉을 멸하였다.

산하를 요새로 삼고 엉큼한 야심을 갖고 있었다. 시에서 역사적 사실을 들어 그들에게 금우도를 엿보아 역사의 전철을 다시 밟지 말라고 경고하고 있다. 시는 전후 내용이 서로 호응하고 있으며 언사가 엄정하고 기개가 비범한 특징이 있다.

성도에서 이상은은 제갈량을 기념한 무후묘武侯廟를 바라보고는 〈제갈량 사당의 옛 잣나무武侯廟古柏〉을 썼다.

蜀相階前柏,	촉나라 승상 사당의 계단 앞 잣나무는
龍蛇捧閟宮18).	용이나 뱀처럼 깊은 궁궐을 지키고 있다.
陰成外江畔,	그늘을 외강의 언덕에 드리우고
老向惠陵19)東.	오래도록 혜릉의 동쪽을 향하고 있다.
大樹思馮異20),	큰 나무를 보니 풍이 장군이 생각나고
甘棠21)憶召公.	팥배나무를 보니 소공이 떠오른다.
葉彫湘燕雨22),	나뭇잎은 상수의 제비 비에 시들고
枝拆23)海鵬風.	가지는 바다의 붕새 바람에 갈라졌다.
玉壘24)經綸遠.	옥루산에서의 계획이 원대했건만

• • • • • • • • • • • • • • • • • • • •

18) 閟宮(비궁) : 닫힌 궁전. 여기서는 사당을 가리킨다.
19) 惠陵(혜릉) : 유비의 능묘.
20) 馮異(풍이) : ≪후한서(後漢書)·풍이전≫, "매번 군영에 머물 때, 여러 장군들이 나란히 앉아 공을 논할 때 풍이는 홀로 나무 아래에 기대 있었기에 군중에서 그를 '큰 나무 장군'이라 불렀다.(每所止舍, 諸將竝坐論功, 異獨屛樹下, 軍中號爲大樹將軍)" 여기서는 제갈량의 공이 높으나 자랑하지 않는 품덕을 이른 것이다.
21) 甘棠(감당) : ≪시경·소남(召南)≫에 〈감당〉이 있다. 서주의 소백(召伯)이 남쪽을 순행하며 문왕의 정치를 선양하였는데, 팥배나무 아래에서 휴식을 취하자 후대 사람들이 그를 기려 〈감당〉을 지었다고 한다.
22) 湘燕雨(상연우) : ≪상중기(湘中記)≫, "영릉에 돌제비가 있는데 비바람이 치면 제비처럼 날며 춤추다가 멎으면 돌이 된다.(零陵有石燕, 遇風雨則飛舞如燕, 止則爲石)"
23) 拆(탁) : "坼(탁)"과 같다. 갈라지다.
24) 玉壘(옥루) : 산 이름. 지금의 사천성 관현(灌縣) 서북쪽에 있다. 여기서는 촉

金刀25)歷數終.　　　한나라 왕조의 운명이 다했던 것.
誰將出師表,　　　누가 출사표를 내어
一爲問昭融.　　　한 번 하늘에 물어보려나?

　시에서 옛 잣나무는 제갈량이 촉 지역을 개척한 공적과 유비에 대한
충심을 상징한다. 아울러 제갈량이 비록 전심전력을 다했으나 결국 객
관적인 조건의 한계로 실패할 수밖에 없었던 것에 대하여 개탄하면서,
만당의 쇠락하는 현실에 대하여 어찌지 못하는 침통한 심정도 기탁해내
었다. 〈주필역籌筆驛〉에서도 이 시와 비슷한 주제를 담고 있다.

魚鳥猶疑畏簡書,　　　물고기와 새는 여전히 군령을 두려워하는 듯하고
風雲長爲護儲胥26).　　바람과 구름이 오래토록 울타리를 지켜주고 있다.
徒令上將揮神筆,　　　상장군이 신령한 붓 놀린 것도 헛되어
終見降王走傳車27).　　끝내 항복한 왕은 역참의 수레로 쫓겨 갔다.
管樂28)有才眞不忝,　　관중과 악의의 재주에 부끄럽지 않았는데
關張29)無命欲何如.　　관우와 장비의 운명이 다했으니 어찌하랴?
他年錦里經祠廟,　　　지난 해 금리의 사묘를 지났는데
梁甫吟30)成恨有餘.　　〈양보음〉은 이루어 졌으나 한은 무궁하다.

· ·

　땅을 가리킨다.
25) 金刀(금도) : 유비의 촉한 정권을 가리킨다. "劉"자는 "卯(묘)""金(금)""刀(도)"
　　세 글자의 조합으로 이루어졌기 때문이다.
26) 儲胥(저서) : 수비를 위해 만든 목책. 일설에는 곡식을 대비하여 저장한다는
　　의미로 보기도 한다.
27) 傳車(전거) : 고대 역참에서 쓰던 수레.
28) 管樂(관악) : 춘추시대 제나라의 정치가 관중(管仲)과 전국시대 연나라의 군사
　　가 악의(樂毅).
29) 關張(관장) : 삼국시대 촉나라의 대장군 관우와 장비.
30) 梁甫吟(양보음) : 제갈량이 자신의 정치적 포부와 회재불우(懷才不遇)에 대한
　　감정을 담은 시라고 함.

주필역은 사천성 광원현廣元縣 북쪽에 있는, 일찍이 제갈량이 군사 계획을 세우고 문건을 작성했던 곳이다. 시인은 의인화 수법을 사용하여 물고기와 새가 지금까지 제갈량의 군대의 위세를 두려워하고 바람과 구름이 여전히 이곳을 지켜주고 있는 듯 늠름하고 삼엄한 분위기를 그려내었다. 이는 제갈량 당시의 빛나는 성세를 부각시켜준다. 그러나 시인은 제갈량이 견식이 탁월했으나 촉 왕조가 싸우고자 하는 기세가 없어 투항하여 망국에 이르게 되었음을 탄식하였다. 시인은 제갈량이 관중管仲이나 악의樂毅와 같은 정치가나 군사전문가에 부끄럽지 않았는데, 촉이 망하게 된 주요 원인은 관우, 장비 같은 장수가 너무 일찍 죽어 그를 대신할 장수가 없었기 때문이라 여겼다. 이 시는 영사, 사경寫景, 의론, 서정 등이 하나로 융합되어 있으며, 대장이 엄정하고 음조도 변화가 많으며 풍격은 침울하면서도 비장하여 독자가 감탄 할 뿐 아니라 여운도 오래 느낀다.

재주 시기에는 시가 창작도 풍부하면서 예술풍격 면에 있어서도 새로운 특색을 지닌다. 서정과 사경시 모두 백묘 수법을 쓴 것이 그것이다. 예를 들어 〈밤비 내릴 때 북쪽에 부치다夜雨寄北〉를 보자.

君問歸期未有期,	그대 돌아올 기약 묻지만 아직 기약이 없고
巴山夜雨漲秋池.	파산의 밤비에 가을 연못이 넘친다오.
何當共剪西窓燭,	언제나 함께 서창의 촛불 심지 자르며
却話巴山夜雨時.	파산에 밤비 내리던 때를 이야기할까?

첫째 구는 문답으로 떠돌아다니는 벼슬아치가 돌아가기 어려움을 말하였고, 두 번째 구는 당시 타향에서 나그네로 살아가는 적막한 심정을 썼다. 후반부 두 구에서는 훗날 서로 만나 오늘 밤 그리워하는 정경을 추억하는 장면을 상상하였다. 짤막한 네 구에서 네 개의 다른 의경을

펼쳐내었으니, 시인의 외로운 심경과 돌아가고픈 심정을 섬세하게 표현하였다. 특히 풍부한 상상력은 더욱 감동을 준다.

선종 대중 9년(855) 10월, 유중영은 재주의 "훌륭한 자취가 전해져美迹流聞" 이부시랑吏部侍郎에 임명되었다. 이상은도 막부를 그만 두고 그를 따라갔다. 다음해 봄 이상은은 유중영과 함께 장안으로 돌아왔고 그는 〈재주 막부를 그만두고 읊은 시를 동료에게 부치다梓州罷吟寄同舍〉를 썼다. 시에서 유중영을 한나라 표요장군嫖姚將軍 곽거병霍去病에게 빗대어 지난 5년간의 재주 막부시절을 회고하였는데, 자신이 별로 한 일이 없으며, 앞날도 근심스럽다며 슬픈 심정을 드러내었다.

장안으로 돌아오는 도중에 시인은 낙양을 지났는데, 숭양리崇讓里의 옛 저택에 다시 들러 죽은 아내에 대한 끝없는 사념을 풀어놓았다.

密鎖重關掩綠苔,	겹겹의 문 굳게 걸어 잠겨있고 푸른 이끼 덮여있는데
廊深閣迥此徘徊.	회랑 깊고 누각 멀어서 예서 배회한다.
先知風起月含暈,	달무리 지니 바람 일 것 먼저 알겠고
尙自露寒花未開.	꽃 아직 피지 않아 여전히 이슬 차갑다.
蝙拂簾旌終展轉,	박쥐가 주렴 끝 천을 스침에 끝내 뒤척이고,
鼠翻窓網小驚猜.	쥐가 그물창문 들썩여 자못 놀라며 의심했다.
背燈獨共餘香語,	등불 등지고 혼자서 남겨진 향기에게 말을 걸어보다
不覺猶歌起夜來31).	나도 모르게 〈기야래〉가 흘러나왔다.

<정월 숭양의 저택에서正月崇讓宅>

이 시는 숭양의 저택을 거닐며 바깥에서부터 안쪽으로 층층이 깊이

· ·

31) 起夜來(기야래) : 악부곡명. 내용은 "옛날을 생각하며 님이 오실 것을 그리워한다.(猶念疇昔, 思君之來也)"이다.

들어가면서 구절마다 죽은 아내에 대한 그리움이라는 주제와 교묘하게 연계시키고 있다. 시인은 먼저 옛 저택의 황량하고 쓸쓸함을 그려내며 "달무리月暈", "차가운 이슬寒露"로 맑고 싸늘한 분위기를 부각시켰다. 그 뒤로 필봉을 실내로 옮겨 박쥐와 쥐가 내는 소리로 시인이 아내가 온 것이 아닐까 의심하는 것을 썼는데, 아내를 생각하는 정을 섬세하게 그려내었다. 말미에서는 꿈인 듯 꿈이 아닌 듯한 배경에서 혼잣말을 하고 노래를 부르는 장면을 써서 당시 시인이 홀로 잠 못 이루는 정경을 재현하였다. 시의 층차가 여러 겹이고 곡절하게 써서 시인이 구성과 배치에 상당한 공을 들였음을 알 수 있다.

14 영사시詠史詩와 말년

재주梓州에서 장안으로 돌아온 후 유중영柳仲郢은 대중大中 10년(856) 10월 병부시랑兵部侍郎 겸 어사대부御史大夫로 각 도의 염철전운사鹽鐵轉運使를 맡았다. 그는 이상은을 염철추관鹽鐵推官으로 주청하였다. 당시의 염철전운은 각지에 13개 순원巡院이 설치되어 있어 이상은은 공무를 위해 지금의 강소성 남경南京, 양주揚州 일대를 들렀다.

강남은 이상은이 어린 시절 거주했던 곳인데, 나이를 한참 먹고 옛 곳을 다시 지나게 되니 감개가 있었다.

> 浪跡江湖白髮新,　　강호에 떠돌다보니 백발이 새삼스럽고
> 浮雲一片是吾身.　　뜬 구름 한 조각이 바로 내 몸일세.
> 寒歸山觀隨棋局,　　추우면 산 속의 도관으로 돌아와 바둑판을 따르고
> 暖入汀洲逐釣輪.　　따뜻하면 모래섬으로 들어가 낚시대를 좇는다네.
> 越桂留烹張翰鱠[1],　　남월의 계수나무로 장한의 회를 삶고

....

[1] 張翰鱠(장한회) : ≪진서(晉書)·장한전(張翰傳)≫에 따르면, 장한이 수도에서 관직을 지내고 있었는데, "가을바람 부는 것을 보고 오 땅의 부추, 순채국, 농어회를 떠올리며 '인생에서는 뜻을 즐겁게 하는 것이 중요하거늘 어찌 수천

蜀薑供煮陸機蓴[2].	촉지의 생강을 넣고 육기의 순채를 익히네.
相逢一笑憐疎放,	서로 만나 한바탕 웃고는 매이지 않음을 부러워
	하니
他日扁舟有故人.	훗날 편주에서 친구로 만나기를.

<정당 처사에게 주다贈鄭讜處士>

  몇 십년간 뜬 구름처럼 하늘 밖을 떠돌아다녔는데, 시인은 시종 포부를 펴지 못한 채 아직도 "바둑판棋局", "낚시대釣綸"와 짝하고 있다. 이러한 제멋대로의 생활은 자신과 일생동안 지속해 온 것이어서 시인은 친구 앞에서 다만 쓴웃음을 지을 뿐 어떤 말을 할지 생각나지도 않았다.

  그러나 이 기간 동안 그는 큰 강의 남북을 지나면서 적지 않은 영사시를 써 그의 시가예술에 새로운 영역을 개척하면서 새롭게 발전하였다. 영사시는 동한東漢의 반고班固에서 기원하지만 반고는 단순히 역사적 사실만 읊었지 달리 기탁된 뜻이 없었다. 서진西晉 좌사左思의 〈영사시詠史詩〉 8수는 많은 역사적 사실과 인물의 성쇠를 통해 자신의 포부와 실의한 심정을 펴내었으므로 영사라 제목을 붙였지만 정회를 읊은 것이다. 이후 당대까지 많은 시인들이 영사시를 썼지만 기본적으로 좌사의 전통을 계승하였고 두드러진 참신함은 없었다. 그러나 이상은의 경우는 달랐다. 그는 당 왕조의 위기를 대하고 나랏일을 근심하여 역사적으로 황

....

리 밖에서 나그네 생활하며 명예와 관직을 바라겠는가?하고는 돌아가 버렸다고 한다.(見秋風起, 乃思吳中菰菜、純羹、鱸魚膾, 曰:'人生貴得適意, 何能羈宦數千里, 以要名爵乎?' 遂命駕而歸)" 장한은 실제로 화를 피해 몸을 보존한 것으로 이를 핑계로 사직한 것이다. 후대 사람들은 종종 "순채와 농어회에 대한 그리움(純鱸之思)"을 고향을 그리워하는 심정을 표현하는 전고로 쓴다.
 2) 陸機蓴(육기순) : ≪세설신어(世說新語)・언어(言語)≫에 따르면, 왕무자(王武子)가 양의 젖으로 육기를 대접하며 육기에게 묻기를 "경의 강동지방은 무엇이 이에 필적할만한가?"라 하자, 육기는 "천리호에서 나오는 순채국이 있는데, 다만 소금과 메주로 간을 하지 않소.'"라 하였다.

음한 군주가 나라를 망쳤던 교훈을 빌어 만당의 어리석은 제왕들에게 전철을 밟지 않도록 경계하였다. 그래서 그의 현실적 의의가 있는 영사시는 정치적 견해를 담은 정치시이기도 한 것이다. 그는 일생동안 대량의 영사시를 썼는데 예술성취가 매우 높아 영사시의 전통에서 새로운 전기를 열어 큰 발전을 이루었다.

많은 연구자들은 시인이 청년시대부터 영사시를 쓰기 시작했다고 여기고 있다. 예를 들어 〈나이 어린 부평후富平少侯〉, 〈진후주의 궁궐陳後宮〉 등의 시에서 "일곱 나라와 세 변방에 근심이 미치지 않네.七國三邊未到憂", "새로 얻은 아름다운 여인의 자는 막수였다.新得佳人字莫愁", "따르는 신하들 모두 반쯤 취했고 천천자는 바야흐로 근심이 없었네.從臣皆半醉, 天子正無愁"는 모두 "경종이 어리고 어리석으며 덕이 없음敬宗童昏失德"을 풍자한 것이다. 그러나 이상은의 인구에 회자되는 영사시는 대부분 후기에 창작된 것임을 알아야 할 것이다. 특별히 말년에 강남에서 육조의 유적을 보고 감개가 깊어서 육조의 흥망을 제재로 하는 많은 영사시를 썼다. 그중 저명한 것이 칠언절구 〈영사詠史〉이다.

北湖南埭水漫漫,	북쪽 호수와 남쪽 둑의 물은 질펀한데
一片降旗百尺竿.	한조각 항복의 깃발은 백 척 장대 위에 걸려 있었다.
三百年間同曉夢,	삼백 년간이 새벽꿈과 같으니
鍾山何處有龍盤.	종산 어디에 용이 서려 있는가?

자금산紫金山 아래의 석두성石頭城은 호랑이가 웅크리고 용이 앉아 있는 듯 지세가 험준하고 건축물도 웅장하다. 이곳은 서기 222년 손권孫權이 오 정권을 일으켜서 589년 진陳 왕조가 멸망하기까지 삼백 여 년 동안 여섯 개 왕조의 수도였다. 남조의 군주들은 거의 주색에 빠져 남조 육대를 모두 "새벽 꿈曉夢"과 같이 단명한 왕조로 만들었다. 시인은 "한

조각 항복의 깃발은 백 척 장대 위에 걸려 있었다.一片降旗百尺竿"의 형상
적 묘사를 사용하여 육조군주가 황음함으로 쾌락을 일삼는 슬프고도 부
끄러운 장면을 강렬하게 풍자하였고, 용이 서리고 호랑이가 웅크리고
있는 지리적 형세도 믿을 수 없다고 하면서 금릉의 왕기는 반드시 군주
의 영민하고 세밀한 다스림에 의지해야 할 것이라고 설명하였다. 이러
한 인식을 기초로 하여 이상은의 영사시에는 상당히 많은 부분에서 봉
건제왕들의 영회의 사치·음란함을 풍자하고 있다.

玄武湖中玉漏催,　　현무호 안에는 물시계가 재촉하고
雞鳴埭口繡襦廻.　　계명태 입구에서는 수놓인 저고리들 돌아왔다.
誰言瓊樹朝朝見,　　누가 말했는가, 구슬나무 아침마다 만났던 것이
不及金蓮步步來.　　금빛 연꽃 걸음마다 피게 한 것에 못 미친다는
　　　　　　　　　　것을.
敵國軍營漂木柹,　　적국의 군영에서 대팻밥을 띄우자
前朝神廟鎖煙煤.　　전대의 종묘는 연기 그을음 속에 잠기게 되었다.
滿宮學士皆顔色,　　궁궐에 가득한 여학사들은 모두 아리따워
江令當年只費才.　　강총은 그때 그저 재주만 허비했었지.

<남조南朝>

이 시는 남조의 제齊·진陳의 망국의 역사적 사실을 개괄하고 있다.
역사서에 따르면, 제무제齊武帝는 매일 아침 궁녀들을 대리고 현무호가
의 계명태 일대를 유람하였다. 제폐제齊廢帝는 사람을 시켜 "금을 오려
연꽃으로 만들어 땅에 붙이고, 반비에게 그 위를 걷게 하면서 '이 걸음
걸음마다 연꽃이 생기네'라 일렀다.鑿金爲蓮花以帖地, 令潘妃行其上, 曰: '此
步步生蓮花"고 한다. 진후주의 황음함은 제폐제에 못지않았다. 진후주에
게는 장귀비張貴妃와 공귀빈孔貴嬪이 있었는데 용모가 아름다웠다. 그는
<옥수후정화玉樹後庭花>를 지어 두 비를 읊었다. "옥 같은 달은 밤마다

가득차고, 옥나무는 아침마다 싱그럽네.璧月夜夜滿, 瓊樹朝朝新" 수문제隋文帝가 전쟁을 일으켜 진을 치려했을 때 진후주는 사직의 안위는 돌보지 않고 여전히 환락을 좇고 있다 결국 종묘와 강산을 잃고 말았다. 시의 마지막 두 구의 의미는 진후주가 황음하고 부패하여 총비와 궁인들을 모두 "학사學士"로 봉한 후 승상 강총江總에게 그들의 자태와 용모를 묘사하게 하여 재략과 지혜를 낭비하게 하였다는 것이다. 시에서는 비록 미록 제·진 두 시대의 가장 전형적인 사례를 들었지만, 이는 남조의 군주들이 이와 마찬가지로 한결같이 추악한 군상이었음을 그려낸 것이며, 그들이 멸망할 수밖에 없었던 필연성을 드러낸 것이니 제재의 선택이 매우 교묘하다.

이상은의 칠언절구 영사시는 대부분 역대의 어리석은 제왕들을 조롱·풍자하고 있는데, 매우 신랄하다.

地險悠悠天險長,	험한 땅은 아득하고 험한 하늘 멀고도 먼데
金陵王氣應瑤光3).	금릉의 왕기는 북두성에 상응한 것이다.
休誇此地分天下,	이곳이 천하를 나누었다고 큰 소리 치지 말아라
只得徐妃半面粧.	그저 서비의 반만 화장한 얼굴 얻었거늘.

<남조南朝>

永壽兵來夜不扃,	영수전에 병사 들어온 밤 문은 닫혀 있지 않았고
金蓮無復印中庭.	금빛 연꽃을 다시는 가운데 뜰에 새기지 못했다.
梁臺歌管三更罷,	양나라 궁성의 노래 가락은 삼경이 되어서야 그쳤으니
猶自風搖九子鈴.	여전히 아홉 개 방울이 바람 따라 흔들렸다.

<제나라 궁정의 노래齊宮詞>

....

3) 瑤光(요광) : 북두칠성중 일곱 번째 별. 오땅은 두(斗)수 분야에 속하므로 "북두성에 상응한다"라 한 것이다.

乘輿南遊不戒嚴,	마음 내키면 남쪽을 유람하고 경계치 않았으니
九重誰省諫書函.	구중 황궁에 누군들 간서함을 살피겠는가?
春風舉國裁宮錦,	봄바람 불자 온나라에서는 궁전의 비단을 마름하여
半作障泥半作帆.	반은 말다래를 만들었고 반은 돛을 만들었다네.

<수궁隋宮>

〈남조〉에서는 양원제梁元帝와 서비徐妃의 불화 전고를 썼다. 양원제는 "애꾸눈의 영웅獨眼龍"인데, 서비는 원제의 냉담함 때문에 고의적으로 얼굴 반쪽만 화장하여 그를 부끄럽게 만든 것이다. 이상은은 이것으로 남조의 절반의 땅을 연상하였고, "반만 화장한 얼굴半面妝"을 사용하여 천하를 얻었다고 큰소리치는 남조의 군주를 풍자하였으니 그 곡진함이 정말 기묘하다. 〈제궁사〉는 "아홉 개 방울이 바람 따라 흔들렸다.風搖九子鈴"란 묘사를 통하여 양조梁朝의 군주들이 제조齊朝의 전철을 밟고 있음을 암시하였으니 이들도 역시 멸망으로 귀결될 수밖에 없었다. 〈수궁〉은 과장수법을 이용하여 수양제의 남유南游의 무도함과 낭비를 재현하였다. 이러한 시는 비웃기도하고 성내기도 하면서 역시를 진실하게 반영하고 있고 시인이 역대의 흥망에 대하여 깊은 인식이 있음을 알 수 있다.

칠언율시 〈수궁〉도 대체로 이 시기의 작품이다.

紫泉4)宮殿鎖煙霞,	자천의 궁전은 안개와 노을로 잠겨있는데
欲取蕪城5)作帝家.	황폐한 성을 얻어 제왕의 집으로 삼고자 했다.
玉璽不緣歸日角6),	옥새가 이미 뛰어나온 이에게 돌아갈 운명이 아

....
4) 紫泉(자천) : 자연(紫淵), 강 이름. 장안을 가리킨다.
5) 蕪城(무성) : 강도(江都, 지금의 강소성 양주시)를 가리킨다.
6) 玉璽(옥새) : 황제의 인장. 日角(일각) : 이마 중심이 부분적으로 높은 것을

	니었다면,
錦帆應是到天涯.	비단 돛배는 하늘 끝까지 이르렀으리라.
於今腐草無螢火,	이제는 썩은 풀에 반딧불이 없고
終古垂楊有暮鴉.	세월이 흘러 수양버들엔 저녁 까마귀가 있다.
地下若逢陳後主,	지하에서 진후주를 만난다 해도
豈宜重問後庭花.	어찌 다시 〈옥수후정화〉를 물어볼 수 있으랴.

≪수서隋書·양제전煬帝傳≫의 기재에 따르면 수양제는 대업大業 원년 (605) 대운하를 파서 수로를 개통하여 낙양에서 배를 타면 강도에 바로 도달하도록 하였다. 수로를 지나면서 이궁離宮을 사십 여개를 지었는데 그중 강도궁江都宮이 특별히 장관이었다. 양제는 세 번 강도를 유람했는데, 매번 수행하는 인마가 십만에서 이십만에 달했고, 그가 탄 용주龍舟는 길이가 이백 척이고 사층 누각을 세워 높이가 사십 오 척이나 되었다. 그 외 크고 작은 배들은 수천을 헤아렸고 배의 행렬은 이백 리나 이어졌다. 언덕을 끼고 있는 기병들은 무수하였고, 깃발은 하늘을 가렸으니 얼마나 많은 재물을 소비하였는지 알 수 없었다. 〈수궁〉시는 우선 장안 금궁禁宮의 처량하고 차가움을 묘사하면서 역사상 무성이라고 칭해진 강도를 수도로 만들려고 하였다고 하였다. 만약에 당나라가 천하를 점령하지 않았다면 양제의 용주가 하늘 끝 바다 끝까지 두루 유람할 것이라 하면서, 경치를 빌어 서정하면서 양제의 황음 부패한 생활을 풍자하였다. 그는 낙양의 "경화궁에서 반딧불이를 수 곡이나 얻었다. 밤에 나가 산을 유람하며 그것을 놓아주었더니 빛이 바위와 계곡에 두루 퍼졌다.景華宮徵求螢火, 得數斛. 夜出游山, 放之, 光遍岩谷" 강도에 온 후 강도의 반딧불이가 모두 잡혔다. 그래서 지금까지도 강도의 썩은 풀에는 반딧

....

고대 골상학에서는 제왕의 상이라 여겼다. 여기서는 당고조 이연(李淵)을 가리킨다.

불이가 살지 않고, 수隋의 두둑위에 무수한 버들에도 당시의 멋을 잃어
버린 채 까마귀만 살게 되었다. 시인은 "무無"와 "유有"의 대비를 사용하
여 한 폭의 수대의 흥망에 대한 역사적 그림을 펼쳐내었다. 마지막으로
수양제를 비꼬고 있다. 수양제가 꿈에서 장려화張麗華가 〈옥수후정화〉
를 추는 것을 본 적이 있는데, 만약 지금 구천에 이른다면 여전히 망국
의 군주의 신분으로 이 망국의 음악을 감상하겠는가라 묻고 있다. 뜻이
매우 신랄하다. 시인이 말하는 것은 양제이지만 그 뜻은 만당의 황제들
을 경고하는데 있어 기탁된 뜻이 심오하다. "이전 현자들의 나라를 두루
살피건대 근검으로 성공하고 사치로 패망했다.歷覽前賢國與家, 成由勤儉破
由奢"[7] 만당의 몇몇 제왕을 살펴보면, 대부분이 사치하고 황음하여 당조
는 위태로웠다. 그러나 역사적 교훈을 그들은 명심하지 않았으므로 시
인은 초조하였다. 그래서 역대의 망국의 군주들의 역사적 사실을 사용
하여 당대의 황제들에게 경고하였으니, 이것이 이상은 영사시의 기본
주제가 되었다.

이상은 영사시의 또 하나의 특징은 대담하게 당대 황제를 폭로하고
비판정신이 매우 강하다는 것이다. 〈용지龍池〉를 예로 들어보자.

龍池賜酒敞雲屛,	용지에 주연 베풀며 운모병풍 펴놓았고
羯鼓聲高衆樂停.	갈고 소리 드높자 다른 음악 모두 그쳤다.
夜半宴歸宮漏永,	한밤중 연회에서 돌아갈 때 궁중 물시계 소리 길 기만 한데
薛王沈醉壽王醒.	설왕은 몹시 취했으나 수왕은 술 깨어 있다.

양옥환楊玉環은 본래 당 현종의 아들 수왕壽王의 비였다. 현종이 그녀

7) 〈영사(詠史)〉

의 미모를 흠모하여 먼저 그녀를 여도사로 보낸 후 귀비로 책립하였다. 며느리를 아내로 맞은 추태는 역대로 "양씨네 집에 딸 있어 막 장성했지만 깊은 규방에서 자라 사람들이 알지 못했다네.楊家有女初長成, 養在深閨人未識"[8]라 가려지고 꾸며졌다. 이상은은 설왕과 수왕 두 사람의 다른 심정에 대한 묘사를 통해 이 추문의 자초지종을 거리낌 없이 드러내었다.

華淸恩幸古無倫,	화청궁에서 받은 은총 예부터 비길 바가 없는데도
猶恐蛾眉不勝人.	아름다운 눈썹 지닌 미인은 남보다 못할까 두려워했네.
未免被他褒女笑,	그녀에게 포사褒姒처럼 웃게 하려다
只敎天子暫蒙塵.	천자는 잠시 몽진 길에 오르고 말았네.

- <화청궁華淸宮>

이 시는 현종이 양옥환을 총애하여 안녹산의 난이 일어나게 된 것을 견책한 것이다. "포사褒姒처럼 웃게 하려다褒女笑"는 표면적으로는 양귀비를 풍자한 듯 하지만 세세히 씹어보면 시인은 현종을 조롱한 뜻이 있었음이 매우 분명하다. 시인이 봉건제왕의 치부를 가렸던 것을 전부 걷어내었으므로 풍호馮浩 등은 "명교를 크게 상하게 했다.大傷名敎"고 여겼다. 남송의 호자胡仔 역시 "전고를 사용함에 있어 본체를 잃어 당시로서는 마땅히 해야 할 말이 아니었다.用事失體, 在當時非所宜言"[9]라 하였다. 이러한 지적은 이상은이 얼마나 소중한지를 설명해 준다. 그의 이러한 폭로와 비판정신은 오늘날에도 충분히 긍정해야 할 것이다.

영사시 중에 제왕들이 신선과 장생을 추구하는 것을 풍자한 내용이

....

8) 백거이(白居易), 〈긴 한의 노래(長恨歌)〉
9) 〈초계어은총화(苕溪漁隱叢話)〉

있다. 이상은은 전설과 신선 전고를 자신의 의론과 융합하여 함축적이
면서도 깊이 있는 작품을 써내어 "의론을 구사하면서도 신운이 결핍되
지 않았다.以議論驅駕而神韻不乏"10) 특히 전고를 잘 써서 흔적 없이 자연
스러운 느낌을 주었다.

瑤池阿母綺窓開,　　요지의 서왕모는 비단 창문 열어 놓았는데
黃竹歌聲動地哀.　　〈황죽가〉 노래 소리 땅을 흔드는 듯 구슬프네.
八駿日行三萬里,　　여덟 준마는 하루에 삼만 리를 달린다던데
穆王何事不重來.　　목왕은 어이하여 다시 오지 않는 걸까.

- <요지瑤池>

神仙有分豈關情,　　신선과 연분이 있다며 어찌 (여인에) 마음을 두
　　　　　　　　　　었는가?
八馬虛追落日行.　　여덟 마리 말이 부질없이 지는 해를 쫓아 떠났구나.
莫恨名姬中夜沒,　　이름난 여인이 간밤에 죽었다 한탄하지 마라
君王猶自不長生.　　임금도 역시 불로장생하지는 못할 터이니.

- <화악 아래에서 서왕모의 사당에 제하다華嶽下題西王母廟>

宣室求賢訪逐臣,　　조정에서 어진 이 구하려 쫓겨난 신하 다시 찾으니
賈生才調更無倫.　　가의의 재주는 다시 짝할 이 없었다.
可憐夜半虛前席,　　애석하다! 한밤중에 임금과 마주앉은 것도 헛일
　　　　　　　　　　이었으니
不問蒼生問鬼神.　　백성의 일 묻지 않고 귀신의 일만 물었다.

- <가의賈生>

당 후기의 황제는 거의 방사方士를 헛되이 믿거나 단약을 복용하는
것으로 장생을 구하였다. 헌종憲宗은 수은이 함유된 화합물을 장기간 복
용하여 성질이 광폭해지고 감정기복이 심해져 마지막에는 환관이 제어

....
10) 시보화(施補華), ≪현용시설(峴佣詩說)≫

할 수 없게 되자 피살되었다. 목종과 무종도 단약을 복용하여 명을 단축시켰다. 이들 통치자들은 한편으로는 신선을 신봉했지만 다른 한편으로는 주색에 연연하였으니, 〈요지瑤池〉 및 〈화악 아래에서 서왕모의 사당에 제하다華嶽下題西王母廟〉 두 시에서 다룬 것은 이러한 유형이었다. 이상은은 서왕모와 주 목왕의 풍류 있는 전설로 제왕이 장생을 구하는 미몽이 결국 파괴됨을 넌지시 비유하였다. 구상이 교묘하고 속된 어투에 빠지지 않았다. 시에서는 반문 어조를 자연스럽게 사용하여 의미심장하다. 〈가의賈生〉시는 봉건통치자의 어리석고 부패하며 백성의 고통에는 관심 없고 다만 귀신에만 관심 있는 것을 공격하고 있다. 동시에 시인의 회재불우의 비탄도 스며들어 있다.

이상은이 염철추관에 있었던 시간은 매우 짧아 대중 12년(858) 2월, 유중영柳仲郢이 형부상서刑部尙書로 임명된 후 그 역시 추관을 떠나 장안에서 낙양으로 돌아와 이곳에서 한거하였다.

이상은의 한거생활은 매우 적막하여 거의 아무와도 왕래하지 않았다. 어떤 때는 여윈 말을 타고 무성한 방초가 피고 낙엽이 가득한 숲속을 거닐며 외로운 달이 그와 짝할 때까지 지속하기도 하였다. 시인의 마음에는 우수로 사로잡혀 그의 건강도 나빠졌다.

어느 날, 이상은은 대문 앞에 서서 부근의 한 부호가 우물을 수리하는 것을 보고 "기술자 서너 명이 수레로 마른 흙과 진흙을 퍼냈다. 물에 닿기까지 몇 척 되지도 않았건만 정원의 나무만큼 흙이 쌓여있다.工人三五輩, 輂出土與泥. 到水不數尺, 積共庭樹齊"라 하며 우물속의 진흙으로부터 세상만사의 변화를 연상하여 감개무량하였다. 그는 고체古體를 사용하여 장시를 한 수 썼는데 〈우물 속 진흙 40운井泥四十韻〉이라 한다. 우물 속 진흙은 본래 지하에서 묵묵히 있다가 사람들이 우물을 파면서 지면위로 올라오게 된다. 우물이 지어진 후에는 진흙은 또 흙둑으로 쌓여져 못

주위를 두르게 되고 숲을 향해 펼쳐져 있게 되어 "아래의 깊숙하고 어두운 구멍에서 나와, 위로 축축한 비와 이슬에 닿아있게 되었다. 下去冥寞穴, 上承雨露滋" 처한 지경이 이전과 매우 다르게 된다. 시인은 인간세의 변화무쌍함이 우물속의 진흙과 같다고 보아 예측할 수 없다고 하였다. "우물 파는 일로 만물의 이치를 터득하게 되니 평생 가졌던 생각이 슬퍼진다. 因之感物理, 惻愴平生懷" 그는 역사 속 인물의 궁달窮達과 변화를 열거하면서 "자연 속에서 운행되는 만물은 한 이치로 헤아리긴 어렵다. 大鈞運群有, 難以一理推"는 것을 깊이 느껴 사물의 변화를 우연한 것으로 보았다. 여기서 이상은은 사상상의 약점을 드러내었으며 유심주의적 불가지론이 그에게 영향을 미쳤음을 알 수 있다. 물론 이상은의 이러한 견해는 순탄치 못한 일생과 곡절 때문에 조성되었을 것이다. 그는 미래에 대하여 아득하고 의심스러운 생각을 하고 있었으며 훗날 맹호가 날개와 뿔이 돋아나고 봉황이 오색의 깃털을 잃고 닭 둥지에 거할까 근심하였다. 시가의 기조는 가라앉아 있지만 깊은 원한과 분을 함축하고 있다.

얼마 후 이상은은 병구를 이끌고 고향인 정주로 돌아왔는데 생활은 무척 빈곤하였다. 시가창작도 점점 감소하였다. 저명한 〈비단 거문고錦瑟〉는 이때 지어진 시라고 한다.

錦瑟無端五十絃,	비단 거문고 까닭 없이 오십 줄인지
一絃一柱思華年.	줄 하나 기러기발 하나에 젊었던 시절 생각난다.
莊生曉夢迷蝴蝶,	장자는 새벽 꿈에서 나비에 미혹되었고
望帝春心託杜鵑.	망제는 봄 마음을 두견에 기탁했지.
滄海月明珠有淚,	푸른 바다 달은 밝아 진주는 눈물 흘리고
藍田日暖玉生煙.	남전산 해는 따뜻해 옥에선 연기가 난다.
此情可待成追憶,	이러한 정이 추억이 되리라 어찌 기대했으랴
只是當時已惘然.	그저 당시에는 너무나 망연자실했을 뿐.

시의 주지는 오랜 세월동안 의견이 분분한데, 어떤 이는 우이당쟁에 대한 감개를 담아 정치적 색채가 농후하다고 여겼고, 어떤 이는 도망시로 여겼다. 정말이지 "〈비단 거문고〉한 편은 해석하기 어렵다.一篇錦瑟解人難"[11] 근래에 많은 연구자들은 이 시는 시인이 자신의 일생을 총결한 것으로 보는데 비교적 적합하다. 금슬은 일종의 현악기로 원래 오십 줄이다. 전설에는 태제泰帝가 그가 소리 내는 슬픈 음을 견딜 수 없어 이십오 줄로 고치도록 명했다고 한다.[12] 시인은 이것으로 자신의 험난했던 일생을 상징하면서 이미 지나간 옛 시절을 회고하였다. 함·경련은 일생동안 분투했던 경험을 거슬러 올라갔는데 전부 전고를 사용하여 썼다. ≪장자莊子·제물론齊物論≫에 장자가 물物·아我를 구분하지 못했던 "호접몽胡蝶夢"을 꾼 이야기가 있는데, 시인은 이상의 환멸을 형용하는데 사용하였다. 또한 망제가 나라를 잃은 후에 두견새가 되어 피맺힌 울음을 울었다는 전설이 있는데 시인은 이것을 빌어 자기의 포부를 펴지 못한 것을 비유하였다. 그는 푸른 바다 속의 밝은 달과 같은 아름다운 진주는 원래 인어의 피눈물이 모아진 것임을 탄식하였는데 독자에게 비통함을 준다. 남전산에 따뜻한 햇볕 아래 보옥이 안개로 덮여 있는 전고는 슬프고 안타까운 느낌을 준다. 당시의 "구름을 넘는 마음 한 조각凌雲一片心"과 "천지로 돌아가고자 편주에 몸을 싣는欲回天地入扁舟" 웅대한 뜻은 모두 고통스러운 추억이 되었다.

〈비단 거문고〉시는 이상은 감정과 예술의 결정품으로 그의 시가풍격을 체현하는 대표작이다. 시가에 전고를 끼워 넣고 아름다운 글자를 수놓아 색채가 화려하고 정감이 처완凄婉하다. 음률이 조화롭고 아름다울

----

11) 왕사진(王士禎), 〈원호문의 시를 논한 절구를 모방하여(仿元遺山論詩絶句)〉
12) ≪한서(漢書)·교사지(郊祀志)≫ 참고.

뿐 아니라 언어 역시 조금도 딱딱한 느낌이 나지 않아 시인의 출중한 재주와 예술적 공력을 엿볼 수 있다.

이상은의 시집에는 〈은거하는 겨울 저녁幽居冬暮〉한 수가 있는데 어조가 위축되어 있어 시인의 마지막 작품으로 보인다.

羽翼摧殘日,	깃털이 빠지고 해진 날
郊園寂寞時.	교외의 동산이 쓸쓸하던 때.
曉雞驚樹雪,	새벽닭이 나무의 눈에 놀라고
寒鶩守冰池.	겨울 집오리가 언 연못을 지킨다.
急景倏云暮,	짧은 해는 어느덧 저물고
頹年寖已衰.	만년은 점점 이미 시들어간다.
如何匡國分,	어째서 나라를 바로잡는 본분은
不與夙心期.	평소의 마음과 일치하지 않는 것일까?

시는 이백의 〈임종가臨終歌〉와 조금 비슷하여 처량하고 적막하면서도 애처롭고 원망스러우며 비장하다. 그러나 시인은 원망과 울분이 더 많은데 "나라를 바로잡는匡國" 뜻을 시종 실현할 수 없었기 때문이다. 이세계와 결별하는 시각에 그는 하늘에 대하여 긴 휘파람을 불며 자신의 죽을 때까지 한을 품고 있을 보여준다.

"헛되이 구름을 넘는 만 길의 재주를 지니고서 일생동안 품고 있어도 펴보지 못했네.虛負凌雲萬丈才, 一生襟抱未曾開"[13] 대중 12년 늦겨울 어느 날 중국문학사상 아름다운 밝은 등불이 꺼져버렸다. 이 등은 처절하고 고통스러운 풍우 속에서 46년 동안 켜져 있었으니, 문학의 보물상자 안에서 영원히 빛날 것이다.

....

13) 최각(崔珏) 〈이상은을 곡하며(哭李商隱)〉

15 시가예술의 걸출한 성과

앞에서도 말했듯이 이상은의 시가는 제재에 따라 내용을 대체로 정치시, 애정시, 영회시 세 가지로 나눌 수 있다. 그의 정치시는 비록 두보나 백거이 같이 심각하게 사회의 모순을 드러내지는 않았지만 만당시대의 중대한 사건과 사회면모를 비교적 깊이 있게, 또 전면적으로 반영하였다. 물론 질과 양 측면에서 당시 다른 시인들은 이에 미치지 못하였으므로, 만당 시단에서 이상은은 단연 우두머리를 차지한다 하겠다. 그의 애정시는 비록 개인의 생활을 묘사하였지만 그의 깊고 진지한 감정을 표현하였으며, 궁녀가 자유로운 애정생활을 갈구하는 것을 반영함으로써 어느 정도 봉건적 예교를 공격했다고 볼 수 있다. 〈궁궐의 노래宮中曲〉〈궁정의 가기宮妓〉〈궁인의 말宮詞〉[1] 〈한녹사의 〈도관에 드는 궁인을 전송하며〉에 화답하여和韓錄事送宮人入道〉 등의 시는 애정과 자유를 잃은 압박받는 여성에 대한 동정을 기탁하고 있어 역시 사회적 의의가 있다. 그의 영회시는 정치적 회포를 펴내며 세상에 쓰임이 되고자 하는

---

1) 【역자주】 원본에는 〈宮女曲〉〈宮女〉〈宮辭〉로 되어 있는데, 바로잡았다.

적극적인 정신을 표현하는 것도 있고, 어떤 것은 처량한 신세에 개탄하면서 남에게 의지해 살고 나라에 보답하려 하나 방법이 없는 신세에 원한을 표시하였다. 비록 개인의 경험을 쓴 것이나 그 시대의 어두운 세력이 인재를 억압하고 손상시키는 것을 반영하여 뚜렷한 사회적 의의가 있다. 그러므로 이상은 시가의 내용은 풍부하고 다채롭다고 말할 수 있으며 다방면에서 당시의 현실생활을 반영하였다.

그러나 이상은 시가의 더 큰 성취는 예술적 독창성이 풍부하다는 데 있다. 그의 〈시랑 거록공에게 바치는 장계獻侍郎鉅鹿公啓〉에서 당대 시가에 대한 의견을 서술하고 있다.

> ……본조이래로 이 도는 특히 성하여 대개는 솜씨가 한쪽으로 치우쳤지만, 드물게 여러 재제를 함께 겸한 경우도 있었다. 돌을 베개 삼고 흐르는 물로 양치질하는 산수시는 생기가 없고 적막한 구를 숭상하였다. 용의 비늘을 잡고 봉황의 날개에 붙는 궁정시는 교만하고 사치스러우며 염려한 것에 편향되었다. 이백과 두보를 숭앙하면 원망과 풍자의 내용이 많았고, 심전기과 송지문을 모방하면 심하게 기려하고 유미하였다.(……我朝以來, 此道尤盛, 皆陷于偏巧, 罕或兼材. 枕石漱流, 則尙于枯槁寂寞之句 ; 攀鱗附翼, 則先于驕奢艶佚之篇 ; 推李、杜, 則怨刺居多 ; 效沈、宋, 則綺靡爲甚)

그는 시가는 "생기가 없고 적막"하고 문채가 없어서도 안 되며, "교만하고 사치스러우며 염려하"여 사회적인 내용이 결핍되어서도 안 된다고 하였다. "여러 재제를 함께 겸할 것"을 주장하고 "한쪽으로 치우침"을 반대하여 "기려하고 유미한" 사조를 운용하여 "원망과 풍자"의 내용을 구비할 것을 요구하였다. 이상은의 시가는 이러한 "원망과 풍자"와 "기려하고 유미함"의 상호결합의 이론을 실천하고자 노력한 산물이다. 그는 중당시기의 적지 않은 시인이 시가의 사회적 내용만을 강조하여, 왕왕 의경의 함축과 사조의 화미함을 홀시하여 예술적 매력이 결핍되었다는 것에 특별히 주의하여 이러한 경향을 바로잡으려 힘썼다. 그러므로 특별히 예술적 표현 측면에 주의를 기울였다. 이상은 이전 당대 시가의 정원 안에는 백화가 만발하여 많은 유파와 각기 다른 풍격을 형성하였다. 위대한 시인인 이백과 두보 및 일단의 걸출한 시인의 노력을 거쳐 예술적 수준은 이미 중국 고전시가사상 전에 없던 수준에 도달하였고 각종 예술형식과 표현수법도 이미 충분히 발휘되어 새로운 국면이 출현하기 어려운 상태였다. 그러나 이상은은 전대 시인의 예술적 경험을 성실히 학습하고 총결하여 위로는 〈초사楚辭〉, 악부樂府, 서유궁체徐庾宮體부터 심전기沈佺期·송지문宋之問, 두보杜甫, 한유韓愈, 이하李賀에 이르기까지 영양분을 흡수하였다. 그는 결코 모의만 하는 것이 아니라 이전 작가의 예술적 정화를 자기의 것으로 융화하여 혁신적인 창조를 하였다. 예를 들어 굴원屈原의 초소楚騷의 비흥수법, 두보의 국가의 운명에 대한 관심과 현실폭로적인 비판정신, 언어의 정련, 의경의 창조, 성률의 강구 등을 성실하게 학습하였고, 이를 기초로 창조적으로 발전시켰다. 그러므로 이상은은 집대성자이면서도 또한 걸출한 창조자이기도 하였다. 그가 전대 시인의 예술경험을 총결한 기초위에 새로운 탐색과 시도를 진행하였기 때문에 그는 홀로 새로운 길을 열 수 있었고 백화가 만발했던 당시唐詩의 정원가운데 한 떨기 찬란한 아름다운 꽃을 피울 수 있어 전대 시인들에 비해 더 많은 예술 경험을 제공하였던 것이다.

이상은의 고·근체시 모두 걸출한 예술적 성취가 있다. 그러나 엄밀히 따져보면 그의 예술적 창의성은 근체시에 더욱 진하게 체현되어 있다. 그의 많은 율시와 절구가 싫증나지 않는 이유는 강렬한 예술적 매력 때문인데, 아래 몇 가지로 요약할 수 있다.

첫째, 구상이 기묘하고 의경이 곡절하다.

이상은의 시는 예술적 구상을 매우 중시하여 왕왕 새로운 것을 생각해내어 진기함으로 뛰어나다. 장계張戒는 ≪세한당시화歲寒堂詩話≫에서 "이상은은 매우 기이한 정취가 있다.義山多奇趣"라 평하였는데 그의 구상을 지적하여 말한 것이다. 그의 시가는 비록 일반적인 제재를 선택한 것이 많지만, 시인이 다른 각도에서 처리를 잘 하기 때문에 기이하게 느껴진다. 예를 들어 〈상아常娥〉는 신화전설에서 제재를 취한 것인데, 시인은 상아가 고독해하며 후회하는 심정을 그려내면서 특히 감정이입 수법을 써 "상아와 대면한 것으로부터 써내려가서 매우 함축적이며從嫦娥對面寫來, 十分蘊藉"(기윤紀昀의 말) 새로운 뜻이 풍부하다. 그러나 이 "기이함奇"은 괴이함과는 같지 않으며 "묘함妙"에 더욱 편중되어 글로 표현할 수 없는 수준에 도달한 것이다. 그의 〈오궁吳宮〉시는 가무장면을 묘사하는 전통적인 작법을 버리고 "오왕의 연회가 끝나자 온 궁은 취했고吳王宴罷滿宮醉"라는 죽은 듯한 적막한 분위기를 돌출시켰다. 이는 새로운 국면을 엶으로써 독자들에게 풍부한 연상의 여지를 주어 오래토록 음미하게 한 것이다.

이상은의 심미성은 몽롱하며 함축적인 미학을 추구하는 데 있다. 옛 사람은 그의 시가 "기탁이 깊고 단어의 사용이 완곡하다.寄托深而措辭婉"[2]고 말하였는데, 이는 시가의 의경이 왕왕 복잡해 무엇인지 알 수 없고, 뜻은 심원하지만 대개는 시인 내심의 미묘하고도 복잡한 느낌을 함축적이면서도 깊이 있게 표출해 냈다는 것이다. 시인은 종종 영물, 의론, 서정 세 가지를 융합하여 "꺾임이 있으면서도 곡절하고 성색이 있으며 정과 맛이 있頓挫曲折, 有聲有色, 有情有味"[3]도록 썼으므로 설령 마

---

2) 섭섭(葉燮), ≪원시(原詩)≫
3) 〈의문독서기(義門讀書記)〉

음속의 것을 직서한 작품이라 할지라도 완곡함이 엿보여 겉으로 드러나지 않았다. 인구에 회자되는 〈낙유원樂遊〉은 겨우 스무 자인데 수없이 휘돌며 깊이 꺾이고 완곡하여 "황혼이 가까웠네.近黃昏"구에서야 시인의 무한한 슬픔을 드러낸다. 이런 독창적인 구상과 심미적 가치를 지닌 작품은 만당 시인의 작품 중 흔히 볼 수 있는 것이 아니다.

둘째, 상징을 잘 사용하고 비흥比興 전통을 발양하였다.

≪시경≫≪초사≫에서부터 비흥은 중국 고대시가 예술의 중요 표현 수법중 하나였다. 그러나 각 시인의 "비흥"에 대한 이해가 같지 않아 당대의 진자앙·백거이 등이 말한 "비흥"은 사상내용에 편중되어 있어 실제 창작에 운용된 비흥수법을 연구한 것이 아니었다. 이상은은 초사체의 "유사한 것을 이어 서로 따르게 한다連類相從" "비유를 둘러 풍자를 기탁하는環譬以托諷" 전통을 계승하고 부단히 혁신하여 자신의 풍격을 형성하였다. 그의 영사시는 거의 전부 비흥수법을 사용하였고 영물시의 대부분은 의인화 수법을 쓰고 있다. 예를 들어 〈처음 죽순을 먹고 좌중에게 드리다初食笋呈座中〉·〈회중의 모란이 비를 맞아 떨어지다回中牡丹爲雨所敗〉·〈꾀꼬리流鶯〉·〈매미蟬〉 등 어떤 것은 사물에 기탁하여 뜻을 드러내었고, 어떤 것은 사람으로 사물을 흉내 내기도 하였다. 이런 시 가운데 비흥은 모두를 한데 묶기도 하고 상호 스며들게 하는 데 매우 잘 운용되었다.

또한 이상은은 구체적인 사물을 통해 추상적인 개념을 표현을 잘하여 비흥과 상징을 겸용하였는데, 예를 들어 "강바람이 파도를 일으켜 돌을 움직이고, 높이 돛을 올린 배 묵직한 닻을 내리니 흰 해가 저문다.江風揚浪動雲根, 重碇危檣白日昏"(〈사호 유분에게 주다贈劉司賡〉) "하늘의 뜻은 고요한 곳에서 자라는 풀을 어여삐 여기고 인간세상에서는 날 개인 저녁을 소중히 여긴다.天意憐幽草, 人間重晩晴"(〈저녁에 날이 개어晩晴〉) "파초는 펼쳐지지 않고 정향은 꽃망울 맺힌 채 모두 봄바람 향해 각자 근심한다.芭蕉不展丁香結, 同向春風各自愁"(〈대신 드리다代贈〉) 등의 구에서 시인은 교묘히 의인, 의물, 쌍관 등의 수사수단을 운용하였으므로 상징적인의의가 선명하고 깊다. 유협劉勰은 "숨긴다는 것은 중복된 뜻으로서 공교함을 삼는 것이고, 빼어나다는 것은 단어가 탁월하여 뛰어난 것으로서 교묘하다고 여기는 것이다.隱以複意爲工, 秀以卓絶爲巧"[4]라 여겼다. 이상은의 이러한 예술수법으로 그의 시가는 "기탁이 심원하고 문채가 번성하고 아름다운寄托深遙, 設采繁艶" 경향을 띠게 되었다.

이상은 시에서 사용된 비유와 상징적 사물은 셀 수 없이 많은데, 일상생활에서 자주 보이며 보편적인 것들을 자유자재로 이용하고 있다. 어떤 때는 시 한 편 안에서 여러 비유와 상징수법을 사용하기도 하였다. 예를 들어 〈비단 거문고錦瑟〉에서 "장자의 새벽 꿈莊生曉夢" "망제의 봄마음望帝春心" "진주가 눈물 흘림明珠有淚" "옥에선 연기가 남暖玉生烟" 등은 일련의 사물들이 이상의 파멸을 상징하고 있지만 혼연일체인 듯 쓰여서 억지로 갖다 붙인 흔적이 없다. 그래서 그의 시는 설사 독자가 그 깊은 기탁의 뜻을 이해하지 못하더라도 시중의 정경에 의해 감동을 받는다.

셋째, 전고의 사용이 정교하고 적절하며 내용을 잘 살린다.

이상은의 시중에 용전用典은 특별히 많아서 심지어는 "수달의 제사獺祭"라고 비판받기도 하였다. 왜냐하면 "시인의 병폐는 내용을 많게 하는 것詩家病使事多"이기 때문이다. 그러나 중요한 것은 이상은의 용전은 "융화되고 잘 운용하여서 마치 자신에게서 나온 듯融化排幹, 如自己出"[5]하여

....

4) ≪문심조룡(文心雕龍)·은수(隱秀)≫
5) 범희문(范晞文), ≪대상야어(對床夜語)≫

그의 놀라운 예술재능과 깊은 예술에 대한 조예를 충분히 드러내었다. 이상은의 시에서의 전고는 왕왕 적절한 곳에 잘 쓰여서 주제를 심화시키는 작용을 하므로 비록 많이 쓰였으나 결코 남용한 것이 아니다. 시인은 만당의 어두운 시대에 살아 현실 정치에 대한 불만을 분명히 말하기 어려웠으므로 전고를 빌어 직설을 대체한 것이다. 그는 또한 사륙문체에 뛰어나 대구가 정확하며 전고를 자연스럽게 잘 사용하여 자기의 사상감정을 간단명료하게 표현하였다. 이상은의 붓끝에서 많은 전고는 새로운 뜻을 열어 전인의 틀에 구애되지 않았다. 예를 들어 ≪세설신어世說新語≫에서 석숭石崇이 초로 땔나무를 대신했던 것과 ≪양양기襄陽記≫에서의 순령군荀令君이 앉았던 곳에 오래토록 향기가 흩어졌던 일을 모란의 붉은 아름다움과 기이한 향기를 형용하는데 사용하였다. "석숭의 촛불처럼 촛불 심지 자를 필요 없고 순령의 향로 기다려 향을 쪼일 필요 없으리라.石家蠟燭何曾剪, 荀令香爐可待熏" 시인의 상상력이 얼마나 풍부한가! 후에 어떤 사람은 이 전고로 모란을 읊었는데 "몇 떨기 아름다운 꽃은 불 가운데 사라지고, 한편의 기이한 향은 하늘에서부터 왔구나數苞仙艶火中去, 一片異香天上來"[6]라고 하니 확실히 한쪽이 기움을 알겠다.

이상은은 잘 쓰지 않는 전고도 잘 활용했다. 그는 본래 사회적의의가 없는 사건이나 상상의 말과 현실, 역사적 사실을 결합하여 날카롭게 조소하고 풍자하였으며 빈정대었다. "이곳이 천하를 나누었다고 큰 소리 치지 말아라, 그저 서비의 반만 화장한 얼굴 얻었거늘.休誇此地分天下, 只得徐妃半面妝"(〈남조南朝〉) "지하에서 진후주를 만난다 해도 어찌 다시 〈옥수후정화〉를 물어볼 수 있으랴.地下若逢陳後主, 豈宜重問后庭花"(〈수궁隋宮〉) 어떤 때는 시인은 원래 뜻을 뒤집어 사용하여 풍자적 의미를 더

....

6) 이산보(李山甫), 〈모란(牡丹)〉

하였다. "오히려 변화가 두 다리 잘린 것 부러워라 일생 동안 다시는 섬돌을 다 내려와 뛰지 않았으니.却羨卞和雙刖足, 一生無復沒階趨"(〈홍농현위에 부임하여 괵주자사에게 휴가를 청해 서울로 돌아가는 글을 바치다任弘農尉獻州刺史乞假歸京〉) 물론 이러한 전고는 시에 잘 녹아있어 백묘白描보다 더욱 깊이 있으며 감정색채도 더욱 짙다. 풍호馮浩는 "그것을 자세히 고찰해보면 다만 정취에 여운이 있음을 알겠으니 말은 공교하나 뜻은 그에 미치지 못한다고 할 수는 없을 것이다.爲之細箋, 但覺情味有餘, 無所謂語工而意不及者"라 칭찬하였다.

이상은의 시에서 전고의 사용은 매우 적당하고 자연스러우며 공교하고 전아하다. 비록 어떤 경우에는 군더더기가 있지만, 대체로 흔적이 없이 매끄럽다. 이는 그가 형식미를 추구하고 기교가 능숙한 데에 따른 것이다. 그는 흩어진 전고 몇 개를 하나의 새로운 단어로 융합할 줄 알았고, 같은 전고를 두 구에 나누어서 새로운 함의를 갖게 할 줄도 알았기 때문에 그의 시가에는 독특한 함축미와 응축미가 있어 예술적 감염력이 증가되었다.

넷째, 언어는 깊고 넓으며 아름답고 구절은 논리적이고 분명하다.

만당 시단에서 이상은과 온정균의 시가는 "농려穠麗"하다고 칭해진다. 사실 이상은의 시풍은 깊으며 시가 내용을 중시하는데, 종종 자아에서 출발해 개인의 느낌과 정서를 작품 안에 스며들게 하며 언어 역시 치밀하고 침착한 특색을 지닌다. 반면 온정균은 사물에 대한 냉정하면서도 객관적인 묘사를 즐기며 주관적 정감을 결핍되어 있다. 그래서 그의 시가 언어는 다소 경박하여 "후인이 온·이를 병칭하는 것은 다만 농려함이 비슷함을 이르는 것이지 사실 풍골은 각기 다르다고 하겠다.後人以溫李并稱, 只取其穠麗相似, 其實風骨各殊也"7) 주학령朱鶴齡은 이상은의 언어풍격이 "깊고 넓으면서도 빼어나고 아름답다.沈博絕麗"고 여겼는데 그의 언어특징을 잘 개괄한 것이다. 몇 가지 예를 살펴보자.

　　금비취 새겨진 등갓에 촛불은 흐릿하고, 사향은 연꽃 수놓인 장
막에 은은하게 스며든다.蠟照半籠金翡翠, 麝薰微度繡芙蓉 (〈무제4수無題
四首〉)

　　금두꺼비 자물쇠를 물어 타오르는 향은 스며들고, 옥호랑이 두
레줄 끌어당겨 우물물 길어 돌아오네.金蟾齧鏁燒香入, 玉虎牽絲汲井回
(〈무제4수無題四首〉)

　　강의 교인이 멋대로 감상하면서 집을 삼기는 어려워하고, 바다
의 신기루 멀리서 놀라 누각으로 변하기 부끄럽겠네.河鮫縱翫難爲室,
海蜃遙驚恥化樓 (〈여러분들이 하중부의 임원 중승이 새로 만든 하정
에 지은 시에 받들어 화답하다奉同諸公題河中任中丞新創創河亭四韻之作〉)

　　구슬이 백 곡이니 용이 쉬며 잠들겠고 오오동나무 천 심 높이이
니 봉황이 머물겠구나.珠容百斛龍休睡, 相拂千尋鳳要棲 (〈옥산玉山〉)

　　황금 궁전에 향기 갇히고 비단 창도 닫힌 때 옥호리병이 시간을
알리니 구리용도 흐느낀다.金殿鎖香閉綺籠, 玉壺傳點咽銅龍 (〈깊은 궁
궐深宮〉)

　　베개는 용궁의 신비한 돌인 듯, 가을 물결 같은 색을 나눠주고
있거늘.枕是龍宮石, 割得秋波色. 玉簟失柔膚, 但見蒙羅碧 (〈방중곡房中曲〉)

　　길조가 이어지면서 봉황을 만났으니 무늬 새긴 깃털 휘장에 자
주색 황금 침상. 계수나무 꽃 향기로운 곳에서 함께 급제했다가 감
나무 잎 휘날릴 때 홀로 죽은 이를 애도하네.佳兆聯翩遇鳳凰, 雕文羽帳
紫金床. 桂花香處同高第, 柿葉翻時獨悼亡 (〈재동의 직책으로 나가면서 한
첨에게 남기다赴職梓潼留別畏之員外同年〉)

　　농려하면서 무거운 언어는 딱딱해지기 쉬운데 이상은은 허자를 자유
자재로 운용하면서 시의 맥락이 잘 통하도록 주의하여 "함축적이고 치
밀하며 논리적이면서도 분명하였다.包蘊密致, 演繹平暢"[8]그의 시어는 아

----

7) 심덕잠(沈德潛), ≪당시별재(唐詩別裁)≫

름다우면서도 대범하고 자연스러우며 초탈한 느낌을 준다. 예를 들어 〈무제2수無題二首〉에서 "적막한 가운데 등잔의 불똥은 사그라들고 소식은 끊겼는데 석류꽃은 붉다.曾是寂寥金燼暗, 斷無消息石榴紅"에서 "증시曾是" "단무斷無"를 사용하여 시간이 오래 되었음을 강조하였고, 〈사호 유분에게 주다贈劉司賁〉에서는 "연나라의 기러기가 처음 날아오르던 기세 이미 꺾였거늘, 시인처럼 돌아가기 어려운 혼백된 것에 더욱 놀라네.已斷燕鴻初起勢, 更驚騷客後歸魂"에서 "이已"와 "갱更"은 차례를 표시한다. 〈수궁隋宮〉"옥새가 이마 튀어나온 이에게 돌아갈 운명이 아니었다면, 비단 돛배는 하늘 끝까지 이르렀으리라.玉璽不緣歸日角, 錦帆應是到天涯"에서는 "불연不緣" "응시應是"를 사용하여 인과관계를 설명해준다. 이러한 허자의 운용은 시가의 의미를 분명하게 해주고 시경詩境을 거침없이 매끄럽게 한다. 그래서 노신魯迅은 그의 시를 "맑은 시어와 아름다운 구절淸詞麗句"이라 칭찬하였는데 매우 정확하게 말한 것이다.

이상 이러한 예술적 특징은 이상은 시가창작에서 한꺼번에 구현되어 "깊은 정이 감돌고深情綿邈""깊고 넓으면서도 빼어나고 아름다운沈博絶麗" 시가를 구성하였다. 그 결과 당대의 기타 시인들과 다른 이상은만의 독특한 풍격이 생기게 되었다.

그러나 이상은의 작품에도 역시 조야한 것이 있으니, 무료한 염정시도 있고 일부분이 위축되고 소극적인 시가도 있다. 어떤 시가는 의미가 회삽하고 예스러워 이해하기 어려워서 이 역시 그의 창작상의 결점이라 하지 않을 수 없다. 그러나 이러한 결점은 그의 중국문학발전에 대한 공헌에 비교해 본다면 다만 옥의 티 정도에 지나지 않을 것이다.

....

8) 갈립방(葛立方), ≪운어양추(韻語陽秋)≫에서 양억(楊億)의 말을 인용함.

16 이상은 시가의 영향

당 왕조 말년에 전해 내려오는 이야기가 있다. 일군의 문인학사들이 호수에 배를 띄우고 유람하다가 언덕위에 목란화가 만발한 것을 보고 어떤 이가 목란을 가지고 시를 쓸 것을 제의하였다. 술을 마치며 수창할 때 남루한 차림의 선비가 와서 낭랑하게 시 한 수를 읊었다. "동정호의 물결은 차갑고 새벽은 구름에 스며드는데, 날마다 떠나는 배에 멀리 님을 떠나보내네. 목란선 위에 바라본 것이 몇 번이나 되는가? 원래 이 몸이 꽃인 줄 알지 못하네.洞庭波冷曉侵雲, 日日征帆送遠人, 幾度木蘭船上望, 不知元是此花身" 다 읊고 나서 사라졌다. 모두들 매우 놀랐고 이상하게 생각했다. 후에 알고 보니 이는 이상은의 혼백이었다.[1] 이 이야기는 물론 믿을 수 없는 것이지만 후세 문인들의 이상은에 대한 숭배와 그리움을 설명해 준다.

이상은이 남긴 600여 수의 시가는 천 년이 넘도록 사람들의 사랑을 받았다. 그와 동시대 시인인 유부喩鳧는 그의 시가가 "날개로 마음껏 바

....

1) ≪서계총어(西溪叢語)≫ 참고

람을 타고 날며, 붓을 달려 산하를 그려내었지.羽翼恣搏扶, 山河使筆驅"2)라
고 칭찬하였다. 온정균은 그를 한대의 사마상여司馬相如로 비유하였다.
"자허는 어디서 소갈증을 앓는가? 문원을 향해 사마상여에게 한번 물어
보네.子虛何處堪淸渴? 試向文園問長卿"3) 북송이래 많은 저명한 학자들이 그
에 대하여 높은 평가를 하였다. 예를 들어 섭섭葉燮은 ≪원시原詩≫에서
"이상은의 칠언절구는 기탁이 깊고 단어는 완곡하여 오랜 세월 동안 짝
할 이가 없다.李商隱七絶, 寄託深而措辭婉, 可空百代, 無其匹也"라 하였다. 당
송대 이후 당시선본에서는 대량으로 이상은의 시를 선록하고 있고 그의
많은 작품이 천년이 넘도록 인구에 회자되고 끊임없이 읊어져 왔다. 이
는 이상은의 시가를 역대로 사람들이 좋아했으며, 그가 중국문학사상
높은 지위를 지니고 있음을 충분히 설명해 준다.

    당대 시인으로 이상은은 이백·두보만큼 후대 시인들에게 거대하고
깊은 영향은 미치지 못했으나, 만당에서 청말까지 적지 않은 시인이 각
기 다른 측면에서 이상은 시가의 예술풍격을 학습했음은 확실하다. 다
만 이상은의 시가예술에 대한 인식과 학습의 각도가 달랐기 때문에 얻
은 효과 역시 달랐다.

    만당 시인으로 이상은의 시가풍격을 가장 열심히 학습한 이로는 당언
겸唐彦謙을 꼽을 수 있다. 그는 〈버들을 읊다詠柳〉에서 "말 끄는 줄을 이
끄는 풍광은 달리 정이 있는데, 세간의 뉘라서 감히 경중을 다투는가?
초왕의 강두둑에 괜히 심어진 버들, 허기에 몸 상한 궁녀의 허리는 끝내
닮지 못했네.惹絆風光別有情, 世間誰敢鬪輕盈. 楚王江畔無端種, 餓損宮腰學不成"
이라 하여 이상은의 〈몽택夢澤〉시의 영향을 받았음을 분명히 드러내었

....

2) 유부(喻鳧), 〈이상은에게 주어(贈李商隱)〉
3) 온정균(溫庭筠), 〈가을날 여관에서 시어사 이상은에게 부쳐(秋日旅舍寄義山
   李侍御)〉

다. 그의 다른 시 역시 이상은을 본뜬 것이다. 안타깝게도 당언겸은 자신만의 새로움이 없었기 때문에 끝내 일가를 이루지 못했다. 이상은의 이종사촌 형제의 아들이며 만당의 저명한 시인인 한악韓偓(한첨韓瞻의 아들)은 이모부의 영향을 깊게 받았으나 그저 이상은 시가의 "곱고 화려한綺靡" 일면만을 학습하고 시가 내용의 사상적 의의를 홀시하여, 그의 시가는 더욱 염려한 "향렴체香奩體"로 발전되었다.

"송나라 사람의 칠언절구는 대개 두보를 본뜬 자가 십에 육칠이라면 이상은을 본뜬 자는 십에 삼사이다.宋人七絶, 大槪學杜甫者什六七, 學李商隱者什三四"[4] 이 말은 이상은의 송대 시인에게 미친 영향이 꽤 컸음을 설명해준다. 그러나 송대 시인은 이상은을 본뜸에 있어 적극적인 측면과 소극적인 측면이 있다. 북송초의 양억楊億·유균劉筠·전유연錢惟演 등의 열여덟 명이 이상은을 종주로 할 것을 표방하고 상호 수창하며 ≪서곤수창집西崑酬唱集≫을 펴내면서 당시 시단에서 매우 영향력 있는 유파인 서곤체西崑體를 형성하였다. 그들의 시가는 "음절이 조화롭고 사채가 곱고 아름답音節鏗鏘, 詞采艶麗"[5]고 개별 작품 역시 이상은의 예술수법을 본떴다. 그러나 전체적으로 보면 오로지 이상은의 겉모습만을 모방하여 곱고 아름다운 언어와 풍부한 전고로 시를 써서 실제로는 무료한 문자유희일 뿐 어떠한 예술적 가치도 없다.

북송에서 이상은 시가의 예술특징을 깊이 이해한 이는 왕안석王安石이다. 그는 "시를 배우는 자가 두보를 제대로 배우지 못하겠으면 마땅히 이상은을 먼저 배워야 할 것이다. 이상은도 본뜰 줄 모르면서 두보를 본뜰 줄 아는 자는 없다.學詩者未可遽學老杜, 當先學李商隱. 未有不能爲商隱而

....

4) 섭섭(葉燮), ≪원시(原詩)≫
5) ≪사고전서총목제요(四庫全書總目提要)≫

能爲老杜者"6)고 말하였다. 그는 만년에 이상은의 명구인 "설령에서는 하늘 밖으로 간 사신 아직 돌아오지 않았고, 송주에서는 여전히 전전군이 주둔하고 있네.雪嶺未歸天外使, 松州猶駐殿前軍" "언제나 강호로 백발 되어 돌아가련다 생각했지만, 천지를 돌려놓고 나서야 조각배에 오르고 싶었다.永憶江湖歸白髮, 欲回天地入扁舟" "연못의 물안개는 달을 받아들이지 않고 들의 기운은 산을 삼키려 하네.池光不受月, 暮氣欲沈山" "강호에 머무른 지 삼년 된 나그네 세상은 온갖 싸움이 벌어지는 곳.江海三年客, 乾坤百戰場"을 극력 찬상하여 이러한 시를 "비록 두보라 하더라도 뛰어넘을 수 없다.雖老杜無以過也"7)고 여겼다. 왕안석이 찬상한 것은 이상은의 작품 가운데 두보의 나라를 근심하는 내용과 침울돈좌 풍격을 갖춘 작품이다. 확실히 이들 작품은 이상은 시가의 정수이다. 왕안석의 시가 중 특히 칠언절구는 많은 사람들의 호평을 받는데, 이것은 이상은의 영향을 받았음이 현저하다. 예를 들어 그의 〈금릉보은대사 서당방장金陵報恩大師西堂方丈〉중 하나는 이상은의 〈주일사를 추억하며憶住一師〉의 "깊고 은근하며 함축적인深婉含蓄" 의경뿐 아니라 대비수법을 운용한 점이 매우 비슷하다. 왕안석 만년에 쓴 영사시는 구상이 새롭고 의경이 곡절하여 "이상은 필치의 영향을 깊숙이 받았다.深得玉谿生筆意" 북송의 저명한 시인 황정견黃庭堅의 시가 용전을 좋아했던 것 역시 이상은으로부터 영향을 받은 것이다. 주익朱翌은 〈의각료잡기猗覺寮雜記〉에서 다음과 같이 지적하였다. 황정견의 〈왕주부 집의 거듭 빚은 술을 보고觀王主簿家酴醾〉의 "하랑이 탕병을 먹던 곳에 이슬이 젖어 있고, 순령의 향로 향기로운 곳에 해 밝네.露濕何郞試湯餠, 日烘荀令炷爐香"의 두 구는 이상은의 〈최팔이

....

6) 섭몽득(葉夢得), ≪석림시화(石林詩話)≫
7) ≪채관부시화(蔡寬夫詩話)≫

〈이른 매화〉를 보내며 나에게 보여주자 이에 수창하여 짓다酬崔八早梅有贈兼示之作) 시의 "사장의 옷소매에 막 눈이 날렸고 순욱의 향로에 다시 향 바꾸었지.謝郞衣袖初翻雪, 荀令熏爐更換香"을 답습한 것이다. 송대의 많은 시인은 이상은을 학습하면서 터득한 바가 있었다. 여본중呂本中은 ≪자미시화紫微詩話≫에서 자신의 시 창작 경험에 대해 말하였다. "어려서 시를 지으면 다른 사람들과 별 다를 것이 없었다. 후에 이상은 시를 얻어 숙독하며 본뜨자 비로소 다름이 있음을 느꼈다.少時作詩, 未有以異于衆人, 後得李義山詩, 熟讀規摹之, 始得有異" 청나라 하작何焯은 송인이 이상은을 학습한 이러한 정황을 총결하여 "두목은 호방하고 굳세며 질탕하나 지나치게 제멋대로임을 면하지 못해 그를 배우는 자는 그 문에도 들어가지 못하는데도 강서시파에 들어가지 못하는 자가 없다. 이상은의 돈좌곡절만 못하니 이상은의 시에는 의경과 격조, 정감과 시의 맛이 있어 얻은 바가 많다.牧之豪健跌宕, 不免過于放, 學者不得其門而入, 未有不入于江西派者; 不如義山頓挫曲折, 有聲有色, 有情有味, 所得爲多"[8]라 여겼다.

아마도 이런 원인으로 명청시대에는 이상은의 시풍을 배우려는 사람이 북송 때처럼 흥성하지는 않았지만 그 사람이 완전히 줄지는 않았다. 그중에 좀 다른 계열이 있다. 즉, 이상은 시의 정수를 흡수하고 다른 시인의 장점을 융합하여 진부함을 없애고 새로움을 출현시킨 이들이 있었는데, 그 효과가 두드러져 가작이 많다. 예를 들어 명초의 저명한 시인인 고계高啓의 영사시는 그 풍유의 취지와 청려한 풍격이 이상은의 영사시를 계승함이 뚜렷했고, 감근甘瑾의 율시는 "괴롭고 쓰라리며 완곡하고 아름다웠다. 고국과 옛 군왕을 그리워하여 이상은의 〈강동〉 풍격과 특별히 비슷하였다.辛酸婉麗, 饒故國舊君之思, 殊近玉谿江東風格"[9] 명말의

---

8) ≪의문독서기(義門讀書記)≫

정가수程嘉璲의 칠언절구는 이상은의 "기탁이 깊고 단어는 완곡하다.寄託深而措辭婉"는 특징을 잘 구현하였고, 풍반馮班은 내용이 심각하고 색채가 기려한 〈무제〉시를 썼을 뿐 아니라, 이론상 이상은을 매우 존중하여 "만당에서 온정균과 이상은은 양나라 말엽의 서릉과 유신과 같다.……이들 네 사람은 그 문채가 번거롭고 꾸밈이 있지만 가지런하며 아름답다. 그 치우친 것을 바로 잡고 순후함을 더한다면 변해서 성세의 작품이 될 것이다.溫·李于晚唐, 猶梁徐·庾; …… 盖徐庾溫李, 其文繁縟而整麗. 使去其傾仄, 加以淳厚, 則變而爲盛世之作"[10])라 여겼다. 청초의 전겸익錢謙益은 두보의 시와 이상은 시를 배웠는데 그의 ≪주이의산시집서注李義山詩集序≫에서 "의산의 〈무제〉시는 젊은 여인이 읽으면 슬퍼지고 실의한 선비가 읽으면 비통해진다.義山無題諸什, 春女讀之而哀, 秋士讀之而悲"라 말하였다. 그의 적지 않은 시는 완전婉轉하고 청려하여 이상은의 풍격과 매우 가깝다. 청초의 저명한 시인인 오위업吳偉業·공자진龔自珍·왕개운王闓運 등의 많은 시는 함축적이고 곡절하며 의경이 매우 깊어 이상은의 시풍의 영향을 현저하게 받았다. 옥계생으로 자청하는 이희성李希聖[11])은 이상은을 모방하여 〈곡강曲江〉시를 썼는데 청왕실의 쇠락을 감개한 것으로 그 처량하고 감상적인 정은 이상은과 매우 흡사하며, 또한 이상은의 예술수법을 학습하여 적지 않은 영사시를 썼다. 조원충曹元忠은 이상은의 시가를 숙독하고 문천상文天祥이 두보의 시를 모은 것을 모방하여 이상은 시구를 대량으로 모아 집구시集句詩를 썼다. 예를 들어 〈비전 집이의 산구秘傳集李義山句〉40수, 〈어제 밤昨夜〉28수, 〈초우집제사楚雨集題詞〉5

....

9) 왕단(汪端) ≪명삼십가시선(明三十家詩選)≫
10) 풍반(馮班), ≪진업선(광곡집) 서문(陳鄴仙〈曠谷集〉序)≫(≪순음문고(純吟文稿)≫를 참조할 것)
11) 진연(陳衍), ≪석유실시화(石遺室詩話)≫권7 참조할 것.

수, 〈집이의산구集李義山句〉2수, 〈이화원사頤和園詞〉2수, 〈심북산을 곡하여哭沈北山〉10수 등 이런 시구는 비록 이상은의 여러 시를 모은 것이지만, 짜깁기 한 흔적을 드러내지 않고 나라를 근심하는 내용과 깊은 애완哀婉의 예술풍격을 아름답게 체현해 내었다. 이러한 시인이 높은 예술적 성과를 얻을 수 있었던 것은 그들이 단순히 이상은 시가중의 아름다운 자구만을 추구하지 않고 이상은의 "원망과 풍자怨刺"와 "곱고 화려함綺靡"을 결합한 장점을 학습하였기 때문이다. 이들은 이를 바탕으로 자기의 사상과 감정을 드러내었으며 여기에 참신성을 더할 줄 알았다.

한편 어떤 시인들은 이상은의 시가를 매우 좋아하였으나 단순한 모방에만 그쳐 천속하고 노골적이게 되어 예술적 가치가 부족하였다. 예를 들어 명초의 "오중사걸吳中四傑"중 하나인 양기楊基는 칠언율시 〈무제로 의산 이상은에게 화답하다無題和李義山商隱〉 5수를 썼는데 서문에서 "이상은의 〈무제〉시를 읽어보면 그의 맑고 부드러운 음조를 사랑하게 된다. 비록 매우 농려하지만 모두 신하가 군왕을 잊지 못하는 뜻이 기탁되어 있고 재주 있는 자의 불우함을 깊이 안타까워하고 있다. 나그네 창에 바람 불고 비 오는데 읽어보니 슬퍼져 5장을 지어 화답한다.嘗讀李義山無題詩, 愛其音調淸婉, 雖極其穠麗, 皆托于臣不忘君之義, 而深惜乎才之不遇也. 客窓風雨, 讀而悲之, 爲和五章"라 말하였다. 여기서 그가 비록 이상은의 〈무제〉시의 내용에 대하여 별로 정확하게 이해하고 있지는 못하나 이상은의 조우에 동정하고 이상은의 시가를 매우 진실하게 사랑하고 있음을 엿볼 수 있다. 그의 시가는 대부분 다만 이상은 시가의 사조와 창작기교만을 모방하고 있을 뿐 풍부한 사상내용도 예술상의 참신함도 없어 그의 시의 가치는 높지 않다. 예를 들어 풍반·오위업이 이상은을 학습함에 일정한 성취가 있지만 시에는 수식이 덕지덕지 붙어있는 병폐가 있었다. 근영번靳榮藩이 "옥계체를 모방했다仿玉谿體"고 본 오위업의 〈서령규영에 제하여(題西泠閨詠) 4수가 이와 같았고, 오위업의 칠언율시 〈무제〉 역시 "향렴체香奩體"에 가까워 예술적 매력을 잃었다. 만청의 번증상樊增祥 등의 시는 이상은 시가의 조박한 부분을 발전시켜 예술적 가치는 말할 것도 없었다.

여기서 보듯 이상은 시가의 후대에 대한 영향은 적극적인 면과 소극적인 면 두 면이 모두 있다. 이는 후대인이 이상은 시가에 대한 인식과 자기의 예술수양에 결정된 것이지 결코 이상은 시가 자체가 그렇다는 것은 아니다. 과거 매우 긴 기간 동안 적지 않은 사람이 이상은 시가의 예술풍격이 후대에 소극적인 영향을 주었다고 보고 이상은 시가의 예술풍격에 대해 부정적 태도를 지니고 있었는데, 이는 공정하지 못한 것이다.

또한 지적해야 할 것은 이상은 시가의 예술풍격이 문학의 다른 부문에 영향을 주었다는 것이다. 예를 들어 문예이론 방면에서 왕사정王士禎의 "신운설神韻說"에 계도를 주었다. 또한 당송 완약파婉約派 사풍詞風에 이상은 시풍의 영향은 매우 두드러진다. 원명청 삼대에 애정을 제재로 하는 희곡작품에서도 이상은 시가의 예술적 풍격에서 귀감을 삼은 것이 있다.

이상은 시가는 오늘날 우리가 만당晩唐의 사회정치 정황과 시인의 생활을 이해하는데 도움을 준다. 그런데 더욱 중요한 것은 그의 예술경험이 오늘날 문학창작에 여전히 참고가 될 만하다는 점이다. 그러므로 이 귀한 문학유산을 소중하게 다루어야 할 것이다.

찾아보기

역·저자소개

● 저자

위 씨엔하오郁賢皓

남경사범대학南京師大學 문학원文學院 교수. 고문헌 연구소 소장도 겸하고 있다. 중국당대문학학회 부회장, 중국이백연구회 회장 등을 맡고 있다. 이백李白 연구에 몰두하며 『이백총고李白叢考』, 『당자사고唐刺史考』, 『이백선집李白選集』, 『이백고논집李白考論集』 등 20여종의 저작과 백여 편의 논문을 발표하였다.

쭈 이안朱易安

상해사범대학上海師大學 인문학원人文學院 고전문헌학古典文獻學 교수. 『중국문학사中國文學史』, 『중국고전문헌학中國古典文獻學』, 『중국시학사과학中國詩學史料學』, 『당시와 중국문화唐詩與中國文化』 등이 있다.

● 역자

이지운李智芸

이화여자대학교 중어중문학과를 졸업하고 서울대학교 대학원에서 문학박사 학위를 취득하였다. 당시를 비롯한 중국의 고전 시문학을 번역하고 연구하고 있다. 저역서로 『전통시기 중국문인의 애정표현연구』, 『세계의 고전을 읽는다-동양문학편』(공저), 『이청조사선』, 『온정균사선』, 『당시삼백수』(공역), 『송시화고』(공역), 『사령운 사혜련 시』(공역) 등이 있으며, 주요논문으로 〈모호한 아름다움, 몽롱미-이상은 시의 난해함에 대한 시론〉, 〈이상은 영물시 시론〉, 〈당대 여성시인의 글쓰기-이야, 설도, 어현기를 중심으로〉, 〈심의수의 도녀시 연구〉 등 다수가 있다.

이상은 李商隱

초판 인쇄 2018년 1월 15일
초판 발행 2018년 1월 22일

저   자 │ 위 씨엔하오郁賢皓, 쭈 이안朱易安
역   자 │ 이지운
펴 낸 이 │ 하운근
펴 낸 곳 │ 學古房

주   소 │ 경기도 고양시 덕양구 통일로 140 삼송테크노밸리 A동 B224
전   화 │ (02)353-9908 편집부(02)356-9903
팩   스 │ (02)6959-8234
홈페이지 │ http://hakgobang.co.kr/
전자우편 │ hakgobang@naver.com, hakgobang@chol.com
등록번호 │ 제311-1994-000001호

ISBN   978-89-6071-726-8 93820

값 : 12,000원

이 도서의 국립중앙도서관 출판예정도서목록(CIP)은 서지정보유통지원시스템 홈페이지
(http://seoji.nl.go.kr)와 국가자료공동목록시스템(http://www.nl.go.kr/kolisnet)에서 이용하
실 수 있습니다. (CIP제어번호 : CIP2018001392)

■ 파본은 교환해 드립니다.